讲给孩子的

世界文学五千年

上

侯会 著

生活·讀書·新知 三联书店

图书在版编目（CIP）数据

阅读的礼物. 讲给孩子的世界文学五千年. 上 / 侯
会著. -- 北京：生活·读书·新知三联书店，2025.

1. -- ISBN 978-7-108-07908-4

Ⅰ. I109-49

中国国家版本馆CIP数据核字第2024XN4946号

责任编辑　王海燕　王　丹
装帧设计　赵　欣
责任校对　曹秋月
责任印制　卢　岳
出版发行　生活·讀書·新知 三联书店
　　　　　（北京市东城区美术馆东街 22 号　100010）
网　　址　www.sdxjpc.com
经　　销　新华书店
印　　刷　河北鹏润印刷有限公司
版　　次　2025 年 1 月北京第 1 版
　　　　　2025 年 1 月北京第 1 次印刷
开　　本　635 毫米 × 965 毫米　1/16　印张 21
字　　数　155 千字　图 165 幅
印　　数　0,001－5,000 册
定　　价　468.00 元（全十册）
（印装查询：01064002715；邮购查询：01084010542）

出版说明

侯会教授的新书"阅读的礼物：讲给孩子的中外文学五千年"系列，是由《讲给孩子的中华文学五千年》(包括"古代"三册、"近现代"两册）和《讲给孩子的世界文学五千年》(三册）组成。

此前本社出版了作者的《讲给孩子的中国文学经典》(四册）和《讲给孩子的世界文学经典》(三册），受到青少年读者的普遍欢迎，总销量达到四十五万册。本次再版，作者在前作基础上做了大幅调整和深度加工。

首先在结构上，恢复了早期版本的爷孙对话形式。如中国古代文学和世界文学，是借"老爷爷"之口，利用两个暑期各五十个夜晚分别讲述的；而中国近现代文学，则是利用一个寒假二十八个夜晚讲述的。如此设计，意在给读者带来沉浸式的阅读体验，这也成为本书独具的特色。

其次，新版对原有内容进行了全面调整，除了使重点更加突出，还补充了大量有关作家、作品的趣闻逸事，大大增强了可读性和趣味性；一些基本文学常识，也得到进一步梳理与廓清。

此外，配合《讲给孩子的中华文学五千年》古代和近代部分内容，作者还专门编选了《讲给孩子的中华文学五千年（作品选）》（两册），以期把古典诗文作品更多更完整地展现给读者；入选作品都详加注译。——考虑到今天图书市场上还没有一部专为中小学生编选的古代诗文选，此书的问世，希望能填补这一空白。

由衷期待新版一如既往地获得读者朋友们的喜爱与支持，也希望能给读者带来新的体验和切实的帮助。

三联书店

2024年10月

目 录

前言

一

一次参加新书宣传活动，主持人问我："读了您的'讲给孩子的文学经典'系列，对小读者的成长有什么重要意义？"我沉吟一下，答道："您的问题似乎有点儿'高大上'；我这套小书，讲的不过是文学的ABC，为孩子们的知识箩筐垫个底儿，要说'意义'，也仅此而已。"

不久我读了朱自清先生的一段话，忽有所悟。朱先生在《经典常谈》序言中说："经典训练的价值不在实用，而在文化。有一位外国教授说过，阅读经典的用处，就在教人见识经典一番。这是很明达的议论。"

朱先生所说的"经典"，专指中国传统文化典籍；其实换作外国文化典籍也一样。读经典（甚至只是读读介绍经典的小册子），当然不会对孩子们的成长产生立竿见影的显著效果；然而这是一种启蒙和熏陶，相信许多小读者在"见识一番"之后，如同更上一层楼，眼中的世界会变得更加辽远壮阔！

二

我写过两本书：《中华文学五千年》和《世界文学五千年》，后分别更名为《讲给孩子的中国文学经典》和《讲给孩子的世界文学经典》。

有不止一个孩子告诉我，他们更喜欢读世界文学这本。有个正读小学四年级的小姑娘告诉我：世界文学她已读了四遍，并且正在找原著来读。我听了既欣喜，又意外——据我所知，中国文学似乎更受欢迎，销量远超世界文学。

再一想，也不难理解：读的人少，还不是因为不了解的缘故吗？你让小朋友列举中国古代文学家，他们能一口气数出一二十位；可是问问世界范围的文学巨匠，估计能讲出七八个已经不错。不了解，当然很难喜欢。而那个小姑娘一旦读进去，就手不释卷，读了又读，可见那些作品的魅力，一点儿不比中国的诗词歌赋差。

此外，对外国文学"不感冒"，大概还跟社会和家长的引导有关吧？我们只听说家长给孩子报"国学班"，又见电视台举办一届又一届"古诗词大会"，却很少见到以世界文学为主题的文化活动，这显然是有所偏颇的。

有人打比方说：中国传统文化像是餐桌上的稻粱五谷，朴素馨香，一顿也不能少；外来文化则如鱼肉蔬果，滋味鲜美，同样不可或缺。——这样的比喻当然远不够准确。不过有一点确定无疑：孩子们要长得结实，单一的营养是不够的；发育身体、健全人格，不可挑"食"，去芜取精、兼收并蓄才是正道。

三

当年那位读四年级的小姑娘，如今已该年届不惑了。无论她后来从事何种职业，当年那段阅读经历，肯定会在她的人格形成中留下积极的印记：除了更丰富的知识，还包括更宽阔的眼界、更包容的心态。

跟小姑娘有着类似感想的读者还有不少。在一个评书网站上，有几则《世界文学五千年》的书评令我感动：

> 小学时期的最爱之一，翻过太多遍，以致后来再看时，发现掉了好几页。整个童年少年时期印象最深刻的一本书……是很好的启蒙读物，读了这本书之后，很多书里介绍过的书才逐一去看，此书是读下去的动力之一。

> 今天看《悲惨世界》的电影，突然回忆起最初在这本书上看到这个故事时的那种震撼。

> 这本书是在看完了中国（文学）史后，妈妈专门到书店买的，陪伴了我高中的很多时光，现在想想，受益匪浅。……尤其是以爷爷对话孙子的方式进行，语言平实易懂，亲切和蔼，深入浅出，老少皆宜。

然而最触动我的，却是这条：

还记得读这本书的那年夏天的草席，温度，那呼呼转着的小电风扇……

只有短短的一句，没一个字涉及书的内容——然而它却描述了小读者当年阅读时的场景，记录着当时的满足以及日后的留恋……这发自内心的美好回忆竟是由我这本小书引起的，这比任何精神上的褒奖、物质上的酬劳更令我欣慰！

三十年过去了，今天的小读者是否还对这类书感兴趣呢？那就鼓励他们翻翻这本书吧，如果觉得有趣，就读下去——希望不致让他们失望……

本书最近几个版本的修订出版，获得三联书店王海燕女士的深度参与和有力推动，最新版本的编辑工作还得到王丹女士的全力襄赞，在此一并表示感谢。

侯 会

甲辰立冬，于京畿与德堂

第 **1** 天

莎草文明与《旧约》神话

亚非诸国·前
30—前5世纪

地球上的一道金环

暑假到了，这是沛沛上初中后的头一个暑假。

昨天是期末考试最后一门，沛沛交了试卷，直奔图书馆。他挑了几本书出来，刚好碰见源源也抱着一摞书出来。看看彼此的书，两人不由得笑了：源源借的是《希腊神话故事》《鲁滨孙漂流记》《简·爱》《猎人笔记》和《老人与海》，沛沛借的是《一千零一夜》《堂吉诃德》《高老头》《福尔摩斯探案》和《在人间》。

两人都还记着爷爷的承诺呢，这个暑假，要给小哥儿俩讲外国文学故事。他们这是预先做功课呢。——要是一个人听还好，两个人一块听，回头一问三不知，该多丢脸？小哥儿俩多少较着劲儿呢！

仍是那棵大槐树，仍是那把藤椅，暑假的头一天傍晚，老爷爷的外国文学讲座开讲啦！

"咱们人类生活的地球上，像是箍着一道金环，上面还镶着闪闪发光的钻石呢。我们中国的大部分国土，就刚好位于这道金环上，真可以说是得天独厚啦。"看着两位弟子迷惑的眼神，爷爷笑了，"我说的这道环，指的是北纬20度到40度的这条环状地带。世界文明的发祥地，几乎全都集中在这条环状地带上。——知道世界文明的四大摇篮是指哪儿吗？"

没等源源开口，沛沛抢先回答："是中国、埃及、巴比伦，还有——印度！"

"不错！中国雄踞亚洲东方；埃及位于北非的尼罗河畔；巴比伦位于西亚的两河平原，也就是今天的伊拉克那地方；印度位于亚洲南端的印度半岛。这四颗耀眼的大钻石，全都镶在这道金环上。亚非文学也正是在这四大文明摇篮里生长发育起来的。"

"那么欧洲文学又是从哪儿起源的？"源源问。

"欧洲文学——我们常把它跟美洲文学合起来，说成'欧美文学'，源头也没离开这道金环。她的两个起源地，一个是地中海北岸的希腊，一个是亚非交界处的希伯来，也就是今天巴勒斯坦那地方，这两处也都在这个纬度上。

"只是这两处文明发展略晚，而且希伯来文学本属于亚洲文化范围，后来竟对欧美文学产生了巨大的影响。——看来，在亚非文学面前，欧美文学还得叫一声'老哥'呢！"

古埃及的石头文明与莎草文明

先看看古埃及文学吧。

古老的埃及位于非洲北部，那里的文明起源相对较早。远在四千六七百年前，尼罗河畔已经耸立起高大雄伟的金字塔和狮身人面像。在中国，那还是传说中的炎黄时代。

埃及尼罗河畔的狮身人面像

　　古埃及人信奉太阳神——拉神，传说拉神的形象就是一轮光华灿烂的太阳，她从莲花中冉冉升起，从此大地才有了光明。拉神的骨、肉和头发，分别变成白银、黄金和石头，这让我们联想到中国盘古神话中的盘古化身的传说。这位大神既想毁灭人类，又要保护人类，人类的祸福，全由她掌控着呢！

　　而古埃及的一代代法老（国王），便自称是拉神的儿子。法老生前驱使奴隶建造金字塔，那是他们的巨大坟墓，他们相信自己死后躺进去可以获得重生！而伴随着金字塔，还有高大的狮身人面像，名叫斯芬克斯，据说那是法老们的雕像。

　　埃及先民不但用有力的双手创造了沉重的石头文明，还用聪明的头脑创造了轻盈的莎草文明。莎草是类似芦苇的植物，成片生长在尼罗河边。古埃及人拿它的茎秆制成莎草纸，用埃及特有的象形文字在上面记录历史、写诗撰文。——埃及的象形文字可算得上世界上最早的文字之一，大约产生于五千三百年前，比金字塔的出现，还要早上六七个世纪呢！

在埃及古陵墓的石棺里，人们还找到了用莎草纸装订的整部文集。那是些咒语、祷文或诗歌之类，专供死者在阴间诵读，因而取名《亡灵书》。保留至今的作品有一百四十多篇，其中最古老的大约写于三千五百年前。在中国，那是甲骨文盛行的商代。

说是《亡灵书》，里面的文字却并非死气沉沉。有些诗篇不但写得很美，还富有生活气息。读读这一节：

> 请用这样的名字呼唤我：
> 居留在葡萄园中的主人，
> 漫游过城市的孩子，平原中的青年。
> 请用这样的名字呼唤我：
> 走向父亲的小孩，
> 光明的孩子，在黄昏中找到了他的亲人。

在诗中，我们不难听出对生命的眷恋、对平凡生活的渴望，历经数千年，依然声声入耳！

在一座埃及古墓里，人们还发现了刻在墓壁上的诗歌。其中有一首描写奴隶搬麦子的歌谣：

> 谷仓流出来，
> 大船也装满了，

可还逼我们搬啊搬的。

难道我们的心是青铜的不成？

这首歌谣，是不是有点儿像中国《诗经》里的《伐檀》？

古埃及的文学形式多样，有神话、歌谣、宗教诗、箴言，还有故事、传记、游记、戏剧……可惜公元前10世纪以后，波斯人、马其顿人、罗马人越海打来，古埃及运衰国亡，文学也成了断线的风筝。

巴比伦"空中花园"与《天问》"县圃"

从埃及出发，跨过约旦河向东走，便来到阿拉伯半岛北部的肥沃平原。那里又称两河流域，幼发拉底河和底格里斯河从那里淌过，不但带去富庶，也滋养了那里的文明。大约四千年前，古巴比伦国就建在那一带。

说到这个举世闻名的古代强国，就不能不提到两件事物：一是号称"世界七大奇迹"之一的"空中花园"，一是世界上最早的民族史诗《吉尔伽美什》。

"空中花园"是人工堆筑的一座山丘，分上中下三层。上面栽满奇花异树，建有辉煌的宫殿，远远望去，简直就是人间天堂。可惜这一奇观早已成了废墟。

不过"空中花园"早就名扬四海，甚至还被记入中国典籍。战国大诗人屈原的《楚辞·天问》中，便有"昆仑县圃，其居安在"的追问。学者解释说，"县"即悬，"圃"即园圃；悬在空中

画家笔下的巴比伦"空中花园"

的园圃，不就是"空中花园"吗？

至于屈原所说的"昆仑"，也不是指中国境内的昆仑山。据古籍记载，距中国一万一千里有座"昆仑之虚（墟）"，方圆八百里，高万仞，上面建有方城，每面城墙上开着九座城门，城门都有"开明兽"把守；城外则有"弱水"环绕。

学者怀疑这里说的正是巴比伦城。所谓"开明兽"，大概就是传说中的斯芬克斯吧，它跟埃及的狮身人面像是同一种神兽。而城外的"弱水"，便是幼发拉底河和底格里斯河了。

这当然只是一家之言。不过种种迹象表明，古代虽然没有先进的交通工具，可山再高，海再阔，也挡不住人类相互交往的强烈愿望。

《吉尔伽美什》：史诗中的"大姐大"

巴比伦的另一桩奇迹，是刻在泥板上的史诗《吉尔伽美什》。

史诗的主人公吉尔伽美什，是乌鲁克城的统治者。他三分之二是神，三分之一是人，力大无穷，到处惹祸。老天于是派了勇士恩启都去对付他。没想到"不打不成交"，这两人竟成了生死莫逆的朋友。他们发誓除暴安良，为民造福。两人先后杀死森林之妖洪巴巴以及女仙派来的天牛精。——可恩启都却因此遭了天神的报复，一病不起。

恩启都的死，启动了吉尔伽美什寻求长生的念头。他入地下海，历尽艰辛，好不容易搞到一株仙草，本打算拿回去跟同胞们共享，不料途中被一条可恶的蛇偷吃了。英雄终于明白了：人类根本就没法儿永生。

几千年来，全世界的统治者们为了追求长生不老，不知动了多少蠢脑筋。其实人寿有限的道理，聪明的巴比伦人四千年前就弄懂啦！

也许你已经联想到，中国古代神箭手羿的神话，跟这位巴比伦好汉的事迹也有相似之处：他们都是为民除害的英雄，都曾得到不死药却被偷吃。只是偷吃者的身份不同，一位是妻子，后来变成蟾蜍；另一个干脆就是丑陋的蛇。

《吉尔伽美什》开头只是在民间口头流传，到了三千九百年前才渐渐定稿，被记录下来。世界各民族几乎都有史诗，这部《吉尔伽美什》要算史诗中的"大姐大"啦。全诗三千行，分刻在十二块泥板上。

对了，巴比伦人的书写材料跟埃及的不同，他们用削尖的小木棍当笔，把文字刻在潮乎乎的泥板上，然后晒干烧硬，收藏起来。由于刻出的笔画总带个尖尖，因此人们称它"楔形文字"。楔形文字的使用约在六千年前，比埃及的象形文字还要早，这应是世界上最古老的文字了。

当《吉尔伽美什》被记录定稿时，中国正是夏朝，也有一些文章、诗歌流传，被收在"五经"之一的《尚书》中。

楔形文字

犹太遗文成"圣经"

《吉尔伽美什》堪称西亚文学的源泉，希伯来语的《旧约》里，就有不少内容来自她。希伯来人是犹太人的祖先，也称以色列人。他们原本也生活在两河流域，四千年前，整个民族越过约旦河，迁移到今天的巴勒斯坦一带，当时称作迦南地区。

经历了好几百年的奋斗与经营，希伯来人在那儿建立起统一的国家，首都就设在举世闻名的耶路撒冷城。那儿后来成为犹太教、基督教和伊斯兰教的圣地。据说耶稣就是在那儿被钉死在十字架上，伊斯兰教创始人穆罕默德，也是在那儿升天的。

好景不长，希伯来王国不久就分裂成以色列和犹太两个国家。兄弟不和，惹来外患。两千七百年前，以色列落败。又过了不到二百年，巴比伦人攻破犹太都城耶路撒冷，俘虏了好几万犹太人。再后来，波斯人、马其顿人和罗马人也相继来欺负他们。到了一二世纪，犹太人干脆连块立足之地都没啦。大批犹太人背井离乡，流落到世界各地，成了没有祖国的人。

国家灭亡了，可文化还在。犹太人信仰犹太教，尊崇唯一的上帝耶和华。亡国以后，宗教就成为犹太人团结民族的唯一手段。祭司们把凡是能找到的希伯来文献都搜集到一块儿，编成一部集子，把它放到教堂的"约柜"里，说这是希伯来人与上帝的"约书"。于是一部普普通通的文献集，就变成了面貌庄严的《圣经》。

这部《圣经》共三十九卷，内容分为四部分："经律书""历史书""先知书"和"圣书"。"经律书"也就是大名鼎鼎的"摩西五经"，包括《创世记》《出埃及记》《利未记》《民数记》《申命记》这五部，相传出自希伯来圣人摩西之手，所记多半是希伯来的神话传说。

"历史书"则包括《约书亚记》《士师记》《列王记》等，记述了希伯来的历史，从占领迦南、建立国家，直至南北分治、族危国亡，记得十分详细。扫罗、大卫、所罗门等几代名王的丰功伟绩，也都有详尽的描述。

"先知书"是犹太先知的演讲稿，大都以先知的名字命名，什么《以赛亚书》《耶利米书》，这些人全都是宗教鼓动家，他们的演讲稿读起来音调铿锵、慷慨激昂。

最后一类"圣书"，其实就是诗文集。内容五花八门，既有诗歌、箴言，又有传道书。其中的《路得记》《以斯帖记》，简直就是小说。

《旧约》故事插图

这部犹太人的《圣经》，后来被基督教所继承，成为基督教《圣经》的《旧约》部分，跟后出的《新约》相区别。

伊甸园里的亚当、夏娃

撇开宗教的意义不说，单从文学角度看，犹太教这部《圣经》有着挺高的欣赏价值。就让我们看看"摩西五经"中的神话传说吧。

照《创世记》的解释，上帝，也就是耶和华，在创世的第一天先创造了光明，第二天创造了天空，第三天创造陆地和海洋，第四天创造日月星辰，第五天创造鱼和鸟，第六天创造野兽、昆虫及人类，第七天则被定为圣日，人们在这一天停止一切工作，因此又叫安息日。直到今天，咱们还歇"礼拜天"呢。

亚当、夏娃在伊甸园

那么人又是怎么被创造的呢？巧得很，跟中国神话中的女娲造人用的是同一种材料——泥土。上帝用泥土制造了世上第一个男子汉，取名亚当。怕他孤独寂寞，又趁他熟睡，从他身上取下一根肋骨，造了个女人来陪伴他，就是夏娃。

上帝在东方有座大花园，叫伊甸园。那儿花繁树茂、蝶舞莺啼，美极了。亚当、夏娃无忧无虑地住在园子里头，饿了吃果子，闲了做游戏，没有比这更自在的了。不过上帝再三叮咛：园子里有棵善恶树，那上面结的果子，可千万不能碰。

有一回，蛇悄悄对夏娃说：你知道上帝为什么不让你们吃善恶树的果子吗？因为那果子滋味鲜美，吃下一颗，就会眼明心亮，变得跟上帝一样聪明！

夏娃禁不住这诱惑，就大胆吃了一颗，还劝亚当也吃了一颗。这一吃不要紧，两人顿时眼明心亮，萌发了羞恶之心，发现自己

亚当、夏娃被驱离伊甸园

居然赤身裸体，实在有伤大雅，于是忙找些树叶来围在腰间。

上帝知道了这事，大发雷霆，把这对不听话的男女赶出伊甸园，罚女人增添了怀胎生育之苦，又罚男人终生在田里劳作。——人类的苦难，从此开了头。

《旧约》也有洪水神话

后来的苦难还多着呢。亚当、夏娃生儿育女，人类繁衍得越来越多。他们作恶多端、自相残杀，惹得上帝发了火，决定用一场大洪水来毁灭人类万物。——大概上帝临时改了主意，他暗中嘱咐一个名叫诺亚的人造一只"方舟"，以保全性命。

这只船造得很大，因而很费工夫，整整造了一百二十年！完工时，离上帝惩罚生灵的时间只剩七天了。诺亚携妻抱子登上方舟，把动物家禽也各带了一对儿。老天下起瓢泼大雨，一直下了四十个昼夜，天地间变成一片汪洋，生灵万物全都完了！只有诺亚的方舟，在水上漂呀漂的。

雨停一年以后，大水才开始退去。一天，诺亚放出的一只鸽子飞回来了，嘴里衔着一枝橄榄枝。这意味着水退了，陆地露出来了。——这以后，一只衔着橄榄枝的鸽子，便成了和平安宁的象征。

据说老诺亚一直活到九百多岁。他的后代分成三支，一支发展成北方民族，一支发展为闪米特人（巴比伦文明就是他们创造的），还有一支成了非洲的含米特人。

世界各族神话中都不约而同提到了大洪水，学者们因此断定，可能当初真的有一场世界性的大洪水，困扰着人类的先民。中国神话中不但有"大禹治水"，还有"女娲兄妹"的传说。据唐代《独异志》记载，宇宙初开时，天下只有女娲跟她的哥哥两个人。他俩跑到昆仑山上，兄妹结合生下子女，是为人类之始。

诺亚方舟

此外，还有神话说，女娲的哥哥便是伏羲，两人是被大洪水逼到昆仑山上，不得已才结为夫妻，保存了人类。民间传说还添枝加叶，说兄妹以葫芦为船，才没被淹死。——这跟诺亚方舟的神话，也有几分相似呢。

摩西的传奇人生

那么犹太教的大圣人摩西又是怎样一个人呢？"约书"中也有记述：原来有一阵子，以色列人迁到埃及，在那儿繁衍生息，人丁兴旺。这让埃及的法老王坐卧不宁，于是制定法律说：凡是希伯来人，只能干最脏最累的活；一旦生了男孩儿，就得丢进河里去喂鱼！

有一对以色列夫妇刚好生了个男孩儿，又不忍心丢弃，便把他装进一只涂了沥青的草篮里，放到尼罗河边的芦苇丛中听天由命。有个好心肠的埃及公主捡到这条小生命，便做了他的保护人。孩子像贵族一样长大起来，公主给他取名"摩西"。

可摩西的血管里流淌的，依旧是希伯来人的血。有一回他看见埃及人欺负他的同胞，一怒之下将这个埃及人打死。他从此亡命江湖，一晃就是四十年。

在这四十年里，摩西一刻也没忘记拯救同胞的神圣使命。据说有一回他正在牧羊，突然听到上帝耶和华的呼唤，说是"以色列人正在埃及受难，我要你带领他们离开这块是非之地，回到流着奶汁和蜜糖的迦南老家去"。

这话多半是摩西编造的，不过他的同胞们都相信了。埃及法

摩西获救

老却不肯放以色列人走：这些人都是他的廉价劳力啊。摩西见软求不行，便拿起手杖跟法老斗法——这手杖可是耶和华赐予的。

他先把手杖变成蛇，吃掉埃及祭司放出的毒虫；又用它击打尼罗河水，河里的鱼顿时死光，河水也变得腥臭难闻。他还招来灾异，让埃及人的牲口死掉、庄稼毁坏，天地间也变得漆黑一片！

摩西还请求耶和华施予最严厉的惩罚：杀死埃及人家中的长子！而以色列人呢，因为事前用羊血在门上做了记号，耶和华见了，便越门而过，只找埃及人算账。——以后以色列人便把1月10日这天定为"逾越节"，意思是灾祸越门不入。而埃及人遭此大难，只好放以色列人离开。

当然啦，长征路途是艰苦的。前有大海，后有追兵；沙漠中缺粮断水，再加上人心不齐，前途渺茫……几乎全靠着摩西那百折不回的坚定信念，人们才没有退却。

队伍路过西奈时，摩西独自一人登上山顶，跟上帝对话。回来后他向人群宣布上帝的诫条，说是不可信奉耶和华以外的神明，不可妄称上帝之名，不可杀人，不可奸淫，不可偷盗，不可做伪证……这就是有名的"摩西十诫"。

摩西率领以色列人经历了四十年漫长岁月，终于回到富庶的迦南老家。可惜摩西本人没能等到进入迦南这一天，便独自死在山中，连坟墓也没留下。

许多学者认为，"摩西五经"虽然神话连篇，摩西却是个真实的历史人物。他对犹太教的革新以及以色列的振兴做出了巨大贡献。就是传说中那些神异的情节，竟也多半能用科学道理解释呢。

《新约》与基督教《圣经》

犹太教的这部《圣经》，大约是在公元前2世纪时最后编定的。到了罗马统治时期，犹太教里又分化出一个新教派——基督教。基督教也拿犹太教"约书"作为经典，称它为《旧

《新约》故事插图

约》，同时另编了一部《新约》。

《新约》主要包括"四福音书"，即《马太福音》《马可福音》《路加福音》和《约翰福音》，这些都是基督耶稣的言行录。此外，还有《使徒行传》《启示录》等。——《新约》《旧约》合起来，就成了今天基督教的《圣经》。不过这已是5世纪的事。

说起这部《圣经》，它在古今图书史里占着两个冠军呢：一是没有一种书像它那样，被翻译成那么多种文字——足有一千多种；二是没有一种书像它印得那么多，简直多得没法子统计啦！

《圣经》在中世纪时是用拉丁文写成的。在翻译这部书的过程中，许多民族的语言，像德语、英语，都变得更加规范而完善。《圣经》对文学的影响就更大了，几乎找不出哪部欧洲文学名著跟《圣经》毫无关联。英国大戏剧家莎士比亚一生创作了几十个剧本；有人统计，他的每出戏平均引用《圣经》词句多达十四次！

耶稣是怎样一个人

"爷爷，耶稣就是被钉在十字架上的那位受难的圣人吧？干吗又叫'基督'啊？"源源问。

"'基督'就是救世主的意思。说到耶稣，相传他是两千年前一个犹太穷木匠的儿子。他的母亲玛利亚本是个未婚的童贞女，据说受了上帝圣灵的感动而怀孕，怀胎十月，将耶稣生在伯利恒一个小客店的马槽中。耶稣生下来就有许多与众不同的地方：他能四十天不吃不喝；他头上有光环，哪怕在黑暗中，人们也能看清他。

耶稣降生

　　"从三十岁起，他就四处传教，自称是上帝的儿子，还收了不少门徒。他的十二位大弟子中既有渔夫、农父，也有医生、税吏。他一面传教，一面施神迹。例如把清水变美酒啦，让盲人睁眼、病人退烧、跛子飞跑、死人复生啦，等等。有一回，他拿五张饼、两条鱼分给五千人吃，结果怎么样？居然人人吃饱还有富余！

　　"老百姓爱戴他，可犹太教的祭司跟罗马总督却对他恨入骨髓！耶稣有个弟子叫犹大，因为贪图三十块银币，竟把老师出卖了。——达·芬奇的名画《最后的晚餐》，画的就是耶稣跟门徒们吃最后一顿晚饭的情景。耶稣在餐桌上宣布：'你们中间有人出卖了我。'大家听了，有的惊讶，有的愤怒，一时议论纷纷；只有犹大神色紧张地盯着老师，手还护着钱袋呢。整幅画真是生动极了。

　　"罗马人把耶稣捉去，又是折磨又是侮辱，最终把他活活钉死在十字架上。不过据说三天以后，耶稣又复活了——他离不开他的人民。耶稣复活的那天，刚好是春分月圆后的第一个星期日，后人便把每年的这一天定为'复活节'。

"至于每年的12月25日，那是耶稣的生日，因而叫'圣诞节'。西方人过圣诞节，就像咱们过春节一样隆重。此外，耶稣出生的那一年，还被定为公元元年。看起来，咱们生活中的许多事物，都跟这位基督教的圣人有关呢。

"在《新约》中，耶稣的形象亲切感人。他向人们宣传：不要同恶人作对吧，有人打你的右脸，就把你的左脸也迎上去好了。他被抓走时，一个门徒拔刀反抗，也被他制止了。在我们看来，这些言行不易理解，甚至有点儿可笑；可是那里面蕴含的宽容精神，对后世的文明和文学产生了深远影响，这又是不容忽视的呢。"

第 2 天

希腊神话与
《荷马史诗》

希腊·前30—
前8世纪

希腊文明，崇文尚武

沛沛捧来一架地球仪，仔细研究了一阵儿，如同发现新大陆，对源源说："地中海可是个好地方。你瞧，埃及、巴比伦、耶路撒冷，全都集中在地中海沿岸。"

"可不是嘛！今天要讲的希腊，也在地中海沿岸。你们看——"爷爷刚好走过来，用手指着巴尔干半岛南端，"希腊这地方三面临海，四季如春。裹条毯子，整年露天睡觉都没问题。只是山多了些，物产不够富足。老百姓要吃饱肚子，也就不那么容易。

"不过漫长的海岸线为希腊人提供了航海的便利，艰苦的生活又磨炼了他们的意志、锻炼了他们的思维。因而希腊文明的兴起，也就是情理之中的事了。

"在希腊的克里特岛，早在公元前4000年左右就萌发了爱琴文化，接着迈锡尼文化替代了它。可能是一场大地震，摧毁了克里特岛上的文明。到了公元前8世纪，希腊境内的城邦文明又放射出灿烂的光芒。

"你问什么叫城邦吗？一个城邦相当于一个小国家。当时的希腊有大大小小许多城邦，其中最强大的，要数斯巴达和雅典了。斯巴达是个独裁的城邦，一切由贵族说了算。不过城邦上下都很重视国民的体格锻炼，男儿们个个都是身强体壮的好汉子。

"雅典又是另一番风情。那儿的人讨厌独裁，凡事讲究论个理儿。遇有城邦大事，像决定开战啦，选举官吏啦，雅典的公民便都集中到广场上去，公说公有理、婆说婆有理地辩论一番。相持不下时，就当场表决，少数服从多数。——这套最原始的民主原则，后来成了人们标榜、效法的政治样板儿啦。

"总而言之，希腊人富于创造精神，又有尚武习俗。他们重视今生今世，强调个体的价值。希腊神话中的神，也因此带有更多的人性。

"下边就来说说希腊的神话，自然还要谈到举世闻名的《荷马史诗》。"

大神宙斯君临奥林匹斯

照希腊神话的说法，宇宙初开，最先出现的是混沌之神卡奥斯，此外还有胸膛宽阔的大地之母该亚。该亚生出天空之神乌拉诺斯，又母子结合，生下六男六女，取个总名儿叫"提坦"。

不知为什么，乌拉诺斯十分仇视自己的亲生骨肉。他把十二个子女统统丢进黑暗的深渊，叫他们永世不见天日！还是当娘的心疼儿女，鼓动儿女起来反抗爹爹。结果小儿子克洛诺斯挺身而出，打败了蛮横无理的老爹，把囚禁在地下的提坦兄妹全都解救出来。不用说，他理所当然成了第二代天神的总头头。

23

克洛诺斯娶了自己的妹妹瑞亚，也生了十二个子女。大约因为他的血管里流的是老爹的血液吧，他对亲骨肉也很残暴，把他们一个个吞吃。——只因他听到一个可怕的预言：自己早晚会被儿子推翻！

妻子瑞亚自然不能坐视不管。等她生下最小的儿子宙斯，就偷偷把他藏了起来。克洛诺斯嗜酒如命，身边安排个小厮专门为他斟酒。瑞亚借口小厮笨手笨脚，给丈夫推荐了个机灵的小厮来，那正是宙斯，而克洛诺斯还被蒙在鼓里呢。

宙斯人小鬼大，把一壶掺了药的葡萄酒哄老爹喝下。老爹克洛诺斯呕吐不止，把先前吞食的子女全都吐了出来。宙斯联合起哥哥姐姐，经历十年"提坦战争"，终于推翻了可恶的老爹。

仗是打赢了，可宙斯和两个哥哥哈迪斯、波塞冬又为争夺权力剑拔弩张。宙斯的堂兄弟普罗米修斯出主意，让宙斯三兄弟抽签。结果宙斯抽得天空，成了天神；波塞冬抽得大海，成了海神；而哈迪斯抽得冥界，成为冥神——相当于中国神话中的"阎王"。至于广袤的大地，由哥儿仨共同统治，当然宙斯的权威最高啦。

宙斯的众多儿女也都成了神：儿子阿波罗是太阳神，阿瑞斯是战神，赫菲斯托斯是工匠之神兼火神——大概因为打铁离不开火吧。宙斯还有好几个漂亮女儿，像阿尔特弥斯，是阿波罗的孪生妹妹，做了月亮女神兼狩猎女神；雅典娜则是智慧和权力之神……另有一位女神阿佛洛狄忒，是爱与美的女神；论辈分，宙斯应该管她叫姑姑，可她却嫁给宙斯的儿子赫菲斯托斯。到了罗马神话中，这位美神又有了新的名字，叫维纳斯——她那断臂的雕像，我们应该都熟悉！

希腊奥林匹亚宙斯神殿遗址

宙斯在奥林匹斯山上建立起庞大的奥林匹斯神统，理所当然地当上万神之王，希腊人在山上为他建起神庙。据说他的神像足有四层楼高，全身还装饰着金叶和宝石，成为当时的"世界七大奇迹"之一。

学者说，神话是人类社会生活的反映。你瞧，提坦神族是旧神体系，反映的是人类早期的亲族关系。当娘的跟儿子结合，哥哥竟娶了妹妹。那时的人类，还保持着血缘婚姻的习俗呢。在家庭里，当娘的最有权威，常常鼓动儿女去反对爹爹，这又是母权社会的特点。

奥林匹斯的新神体系，反映的可是父系氏族的情景了。宙斯作为一家之长，多么威严。家族中一切都按部就班，跟今天的社会、家庭已没啥两样。众神身上的"人性"也更加明显，也有七情六欲，同样会恋爱、嫉妒、争吵、报复，乃至仇杀，还常常跟人搅在一块儿。——希腊传说中的许多人间英雄，就是人神共生的。

宙斯与天后赫拉

大力士赫拉克勒斯和英雄忒修斯

就说那位大力士赫拉克勒斯吧，他的母亲是个普普通通的凡人，他的爹爹却是威名赫赫的宙斯。

相传他一出生，就被扔到了荒野里。宙斯的妻子赫拉从旁路过，不知这是丈夫的私生子，还用自己的奶汁去喂他呢。这一来，他可就变得力大无穷啦！后来赫拉弄清了这小家伙的来历，恨得要命，派了两条毒蛇去害他。当时他还是个睡在摇篮里的婴儿，竟一手一条，轻而易举把两条蛇掐死了！

大力士长大后，决心为民造福。他先后完成了十二件苦差事，包括扼死凶猛的雄狮，杀掉占据沼泽的九头水蛇，生擒了金角铜蹄的赤牡鹿，还清扫了一座牛圈——那可不是普通的牛圈，里面的牛粪堆得像座大山！由于他替老百姓干了那么多好事，宙

赫拉克勒斯力搏野猪

斯请他上天，也让他坐了一把神的交椅。

在希腊英雄传说里，还有个忒修斯渡海杀死弥诺斯牛怪的故事。

忒修斯是一位王子，父亲是希腊的一位国王（阿卡提的国王埃勾斯）。忒修斯为人正直善良，专爱打抱不平，为民除害。譬如民间出了个扳树贼，常常把人两脚绑在两棵扳弯的树上，一撒手，两棵树弹回去，人被撕成两半！忒修斯找到扳树贼将他打死，过往行人再也不用担惊受怕了。这样的事，忒修斯干了不止一件，但他的最大功绩，是杀死吃人的牛怪！

原来，雅典每年都要向隔海的克里特国送去七对童男童女，只为祭祀那里的牛首人身怪物弥诺陶洛斯，相传此怪是克里特国王弥诺斯的儿子，住在一座迷宫里，进去的人，即便没被吃掉，也很难活着走出来！

这一年，雅典城又在挑选童男童女，到处是孩子大人的凄惨哭声。忒修斯听不下去，挺身而出，要过海去会会这牛怪。他吩咐舵手准备了黑白两张船帆，宣称如果归来时挂着白帆，就表示成功；挂着黑帆，就意味着失败。

忒修斯在克里特岛一登岸，就被克里特国王的女儿阿里阿德涅看上了。这位公主给了忒修斯一个线团，教他把线的一头拴在迷宫外，滚着线团往里走。最终，忒修斯杀死了牛怪，又循着线头轻而易举走了出来。

可能是忒修斯太高兴啦，返程时竟忘了让人升起白帆。老国王见船上挂着黑帆，肝肠寸断，当即跳进了大海！海滩上来迎接的人，也都哭声一片。可人们发现忒修斯竟活着从船上走下来，于是四面又响起了欢呼声！人们拥戴忒修斯做了雅典的国王。他是位明君，在位期间修改宪法，使雅典民众更团结，国家也更强大。他死后，雅典民众还修建了庙宇和祭坛，年年祭祀！

希腊英雄神话中还有伊阿宋取金羊毛的故事，被希腊悲剧诗人编成剧本，咱们后面还要谈到。

盲人荷马唱史诗

希腊神话最早是在民间口头流传的。时间一长，头绪纷杂，神和神的关系也变得混乱不清了。后来有个叫赫西奥德的民间诗人，编了一部《神谱》，试着把神话传说整理清晰，用文字记录下来。他要算希腊神话较早的整理者了。其实有位整理传播者比他还要早些，那就是大名鼎鼎的古希腊盲诗人荷马。

荷马大约生活在公元前9至公元前8世纪。在咱们中国，那正是周武王（前11世纪）之后、孔夫子（前551—前479）之前的时代。至于荷马的身份，已没人能搞清楚。有人说他是个俘虏，但更多的人相信他是位盲乐师。

古代的盲乐师大都有着惊人的记忆力，他们可以一

荷马

边弹琴，一边吟诵极长的诗篇。有两部万行以上的希腊史诗：《伊利昂纪》（又译作《伊利亚特》）和《奥德修纪》（又译作《奥德赛》），据说就是由荷马编定传唱的。——不错，这就是有名的《荷马史诗》。

《荷马史诗》是在神话和历史传说的基础上编写的。《伊利昂纪》记录了一场旷日持久的世纪大战，《奥德修纪》则是一部最早的海上历险记。

《伊利亚特》：美女引发世纪大战

先来看《伊利昂纪》——伊利昂是小亚细亚西岸特洛伊人的都城。有一回，伊利昂城年轻的王子帕里斯乘船路过希腊，被斯

巴达美丽的王后海伦迷住了。趁斯巴达国王不在，他拐了海伦回伊利昂去。

对全体希腊人来说，这可是奇耻大辱！于是人们公推斯巴达国王的哥哥、迈锡尼国王阿伽门农做统帅，召集了全希腊的英雄好汉，前去伊利昂报仇雪恨。讨伐大军乘坐一千艘战舰，浩浩荡荡渡过爱琴海，把伊利昂围得铁桶一般。——可是希腊大军攻打了九年，还是没能攻破城池。

史诗开始的时候，已经是攻打的第十个年头，希腊军中发生了内讧。原来，最高统帅阿伽门农是个好色又蛮横的家伙，他见部将阿喀琉斯俘获了一位美女，就仗着自己位高权重，把她夺了去。阿喀琉斯一气之下，宣布退出战斗。这样一来，特洛伊人高兴坏了。因为阿喀琉斯是希腊军中最勇猛的大将，他若袖手旁观，希腊人就更没指望啦。果然，希腊军队敌不过特洛伊人的猛烈反攻，被赶到了海边。

阿伽门农只得收敛起骄横，低三下四地请阿喀琉斯出来助战。骄傲的阿喀琉斯拒绝了阿伽门农的请求，可还是把盔甲、盾牌借给一位好友，让他乘着自己的战车去冲锋陷阵。

特洛伊人的统帅、太子赫克托尔也是一员勇将，他在阵前杀死了阿喀琉斯的好友，还抢去了盔甲和盾

阿伽门农的金面具

牌——那可是匠神兼火神替阿喀琉斯量身打造的宝物啊！

　　好友的惨死和敌人的猖獗，激起了阿喀琉斯的义愤。他终于跟阿伽门农言归于好，共同向特洛伊人发起猛烈攻击，杀死了敌军统帅赫克托尔。

　　最终，赫克托尔的老爹，也就是伊利昂城的老国王，来到希腊军中，赎回儿子的尸体，举行了盛大的葬礼。史诗《伊利昂纪》到这儿就结束了。

阿喀琉斯之踵和特洛伊木马

　　不过仗还没有打完。根据另一些传说描述，十二天后，战局重开。这一回，希腊英雄阿喀琉斯也没能逃脱厄运。不过杀死阿喀琉斯可不是件容易事。小时候，他娘曾提着他的小脚丫，把他放到魔水中浸泡；水浸的地方如同裹了一层坚甲，刀枪难入。只是脚后跟儿让娘的手捏着，没能沾到魔水，这地方便成了他的致命弱点啦。

　　伊利昂城那位只会惹事的王子帕里斯得知这个秘密，便拈弓搭箭专射他的脚跟儿。结果阿喀琉斯被杀

阿喀琉斯之踵

死，帕里斯王子也在
恶战中送了命。——
欧洲文化有个著名典
故叫"阿喀琉斯之踵
（zhǒng）"，即指致
命的弱点。"踵"即
脚后跟儿。

伊利昂城最终被
攻破了。说起来，这
还是另一位希腊英雄

特洛伊木马

奥德修斯的功劳呢。奥德修斯让人造了一架硕大无朋的木马，把
它留在战场上。特洛伊人兴高采烈地把这个大家伙当战利品拖进
城中，他们哪里会想到，木马肚子里埋伏着希腊勇士呢。到了夜
间，伏兵从马肚子里杀出来，跟城外的希腊大军里应外合，打破了
坚固的伊利昂城。——"特洛伊木马"也便成了熟在人口的典故啦。

希腊大军抢回海伦，放火烧了伊利昂城，扬帆回国。他们已
经离家十年，此刻真是归心似箭啊。可他们不知道，险恶的海上
航程正等着他们。《荷马史诗》中的另一部——《奥德修纪》，说
的就是巧施木马计的奥德修斯经历十年海上漂泊终于返乡的故事。

《奥德赛》：海上历险惊心动魄

奥德修斯带着八条战舰驶离伊利昂，一阵海风把他们吹到一
座海岛上。在那儿，伙伴们吃了忘忧果，竟乐不思蜀，差点儿忘

了回家的事。

这以后，他们又来到巨人岛，被独眼巨人关进山洞里。奥德修斯用酒灌醉巨人，又用燃烧的木棒戳瞎了巨人的独眼，这才藏在羊肚子底下逃出了虎口。不料这独眼巨人却是海神波塞冬的儿子，奥德修斯得罪了海神，还能平平安安渡海回家吗？

风神有心帮助他，送他一只口袋。他们一路顺风，眼看家乡在望啦。可有个同伙财迷心窍，以为口袋里装着什么财宝，便偷偷打开来看。哪知口袋里装的是恶风，船一下子又被刮回老远。

这以后，英雄又经历了无数磨难：先是遇到吃人的巨人，接着魔女岛上的女巫又把他的伙伴变成了猪；他还游历了冥土，抵御了女歌妖的诱惑，避开海怪和大漩涡……最终船被大风浪打碎，只有奥德修斯一人逃脱。

一天，奥林匹斯山上的众神趁着海神波塞冬不在，召开会议，一致决定让奥德修斯返回家园。在女神雅典娜的帮助下，奥

奥德修斯与海妖

德修斯终于踏上了故土。

经历十年战争、十年漂泊，此时的奥德修斯看上去，简直就是个又老又脏的乞丐。离家二十年，家里也早已不成样子。人们都以为奥德修斯死了呢，一大群王孙贵族整天缠着他的妻子，赖在宫中大吃大喝。幸而他的妻子忠贞不渝，他的儿子也已长大成人。妻子为了摆脱求婚者的纠缠，搬出奥德修斯的弓箭，说是谁能不偏不斜射穿十二把斧子的斧眼儿，她就嫁给谁。

可是那些少爷们使出吃奶的劲儿，也没人能拉开这张弓。这时候，有个老乞丐要求试一试。就在人们的哄笑声中，他毫不费力地拉开弓，一箭射穿了斧眼儿，大家都惊呆了。等他们明白站在眼前的就是奥德修斯，却已大祸临头！求婚的人一个也没能逃掉，全让奥德修斯父子收拾了。

分离二十年的夫妻、父子又重新团聚了。这一刻多么激动人心啊！

奥德修斯归来

都是"金苹果"惹的祸

"这些故事真有意思，像是历史，可又掺着不少神话。"源源感叹说。

"可不是嘛！"爷爷回答，"《荷马史诗》跟希腊神话的关系本来就很密切。诗中一切凡人的生死祸福，差不多全由神灵暗中操纵着。——就说特洛伊之战的起因吧，传说阿喀琉斯的爹娘结婚时，忘了请纠纷女神厄里斯赴宴。于是她在席间丢下个'不和的金苹果'，上面写着'献给最美丽的女人'。

"女人谁不乐意人家恭维自己呢？复仇女神、智慧女神和爱情女神都来争这个苹果，她们找到伊利昂王子帕里斯当裁判。由于爱情女神私下许诺把世上最美的女子送给王子，王子便把金苹果判给了她。——那个世上最美的女子，当然就是海伦喽！

"另两位发了火，指天发誓，要报复特洛伊人。可见伊利昂城的覆灭，早就在冥冥之中注定啦。"

"这么说，《荷马史诗》讲述的全是神话啦？"沛沛问。

"当然不是。据考古学家考证，史诗中的人和事，还真有历史依据呢。就说那座伊利昂城吧，在公元前12世纪时，真的遭过战火的焚毁。只不过战争的起因，不是为了抢夺一个美女，更不是因为什么'金苹果'。从位置来看，伊利昂城控制着西方前往东方的通商航道，也许这才是希腊人不惜代价前去攻打的真实原因吧。

"在希腊，人们还发现阿伽门农王的巨大陵墓以及坚固城池的遗迹。至于阿喀琉斯和奥德修斯，大概也都是当时有名儿的部落首领。荷马弹着琴吟唱长诗时，战争已经过去好几百年了，诗中不可能把历史描述得那么准确。再说添枝加叶、拉扯神话，本也是诗人的特长和当时人的思维习惯啊。

"《荷马史诗》不光有史学价值，更有文学价值。你们看，大英雄阿喀琉斯的性格多鲜明。他不光是武艺高强的勇士、心高气傲的将军，还是内心世界十分丰富的有情人。他看到好友阵亡，就痛苦得要命，悔恨自己不该意气用事，又主动去跟阿伽门农和解。后来他见赫克托尔的老爹前来赎取儿子的尸体，又不由得想起自己年迈的爹爹，心中生出怜悯来。

"史诗的剪裁也别具匠心。特洛伊之战打了十年，《伊利昂纪》却只描述其中五十一天的情景，又把重点放在最后几天。《奥德修纪》也如是，重点描述四十一天里发生的事。史诗还采用倒叙等手法，又善用比喻。有人计算过，诗中使用了二百多处比喻。语言的简洁，气势的宏伟，节奏的铿锵有力，也都为后人所称道。想想这是三千年前的文学作品，你就不能不挑大拇指！

"《荷马史诗》对西方文学的影响就不必多说了。在世界各民族的史诗中，《荷马史诗》也许不是最早的，可是说到它的文学成就和影响，其他史诗恐怕全要甘拜下风啦！"

古希腊的悲剧与喜剧

希腊·前6—
前5世纪

好戏在露天剧场上演

"你们见过希腊露天大剧场吗？"爷爷问两个孩子。

沛沛摇摇头。源源说："我似乎在电视里见过。那剧场的看台是借着山坡凿出来的，好大好大，就像一把打开的大折扇，听说能容纳上万观众呢。舞台建在山脚下，据说是按声学原理设计的。那么大的剧场，没有扩音器，可演员一张嘴，各个角落的观众都听得清清楚楚。"

爷爷赞赏地点点头："这座大剧场是公元前6至公元前4世纪的产物，如今还保护得挺好。古希腊人有演戏的天分和传统，每年春暖花开时，是希腊的戏剧节。男女老少不分贵贱，纷纷涌到露天剧场去看戏。太阳就是舞台灯光，山峦大海就是天然的布景。山坡看台上万头攒动，那场面真够壮观的。

"露天剧场又是戏剧诗人的考场，他们紧张地观察着观众们的反映。剧本受欢迎，剧作家脸上有光，据说头等奖是一头大肥羊。但剧本不精彩，惹观众朝台上扔石头的事，也时有发生。

"那时的希腊戏剧，已经有了悲剧和喜剧之分。据说悲剧的前身是酒神颂歌——戏剧节就设在葡萄酒酿成的季节。至于喜

希腊露天大剧场

剧，那是由民间的祭神歌舞和滑稽戏发展而来的。希腊最著名的悲剧诗人有三位：埃斯库罗斯、索福克勒斯和欧里庇得斯。喜剧诗人中最出色的，要数阿里斯托芬了。

"先从悲剧诗人说起吧。"

埃翁写悲剧：普罗盗天火

悲剧大诗人埃斯库罗斯出身雅典贵族，大约生活在公元前6至公元前5世纪。他虽是文人，却曾拿起武器，跟波斯人打过仗。在他的诗剧里，至今还能感受到一种英雄气概。《被缚的普罗米修斯》是他最著名的剧本。这原是三部曲中的头一部，后两部《被释放的普罗米修斯》和《带火的普罗米修斯》可惜都失传了。

普罗米修斯是宙斯的叔伯兄弟、正义女神忒弥斯的儿子（一说是宙斯的儿子），他是专门掌管人类的神。——中国神话说人类是女娲用泥土捏成的，希伯来神话也说人类是用泥土制作的，只是制作者是上帝。而希腊神话中普罗米修斯造人，同样是拿泥土当材料。他照神的样子精心塑造了人的躯体，智慧女神雅典娜也来帮忙，朝着泥人吹了口"神气"，人便有了灵魂。普罗米修斯不光造人，还教会人类治病、盖房、养牲口、航海，连数学和文字也都是他发明的呢，因此他又是人类的导师。

宙斯能当上万神之王，也全亏了普罗米修斯的鼎力相助。可宙斯只顾忙着为众神谋利益，丝毫不关心可怜的人类，反而想方设法摧残他们，普罗米修斯当然不满意他啦。为了帮助人类，普罗米修斯偷偷在太阳那儿点燃了茴香枝，把火带到人间。这下可惹恼了宙斯。他命令威力神、暴力神和火神把普罗米修斯带到偏僻荒凉的高加索，把他钉在高高的悬崖上，让恶鹰去啄食他的心肝。白天啄破了，晚上又长好，第二天再接着啄，让他永远受罪！

普罗米修斯默默忍受着痛苦，就是不肯低头。——其实，宙斯对他也惧怕三分呢。因为他掌握着宙斯的秘密，知道宙斯如果跟哪位女神结婚，生下的儿子就会把老子推翻。可那位女神是谁？普罗米修斯心中有数，但打死也不说！

宙斯大发雷霆，把普罗米修斯打入深渊。据说三千年后，大力士赫拉克勒斯射死了恶鹰，才把普罗米修斯解救下来。不过那是另一部戏里的内容了。

在埃斯库罗斯笔下，普罗米修斯是位不畏强暴、为保护人类而甘愿牺牲自己的英雄。至高无上的宙斯，则成了专横残忍的暴君形象。

在另一部悲剧《阿伽门农》里，埃斯库罗斯表达了对这位希腊统帅的不满，认为他攻下特洛伊城，毁坏神殿，杀人太多，必有报应。

埃斯库罗斯

在剧中，阿伽门农还杀掉亲生女儿来祭神，以祈求远征胜利。后来他的妻子为女儿报仇，杀了阿伽门农。从这些剧情里，我们可以看出埃斯库罗斯是位富有人文精神的诗人。他的悲剧不光赚取人的眼泪，更能发人深思。

埃斯库罗斯一生写了七十多个剧本，得过十七次大奖。保存至今的剧本有七个，除了上面说过的，还有《乞援人》《波斯人》等。

埃斯库罗斯还是戏剧改革家。以前的舞台上，只有一个演员唱独角戏；他写剧本，又在舞台上增加了一个角色，这才有了名副其实的戏剧。人们推举他为"古希腊悲剧之父"，他是当之无愧的。

索翁悲剧《俄狄浦斯王》：打不破的魔咒

第二位悲剧诗人索福克勒斯也是雅典人，他一生写了一百二十多个剧本，得过二十四回奖。保存下来的剧本也是七

索福克勒斯

个，《埃阿斯》《安提戈涅》《俄狄浦斯王》《厄勒克特拉》等便都是。

他的悲剧，喜欢表现人跟命运相抗争；但结果，人总是争不过命运。就说《俄狄浦斯王》吧，主人公俄狄浦斯本是忒拜王的儿子。他爹知道这孩子命里注定要"弑父娶母"，所以等他一落生，便把他扔到了荒山里。——"弑"即杀，专指臣杀君、子杀父。

小俄狄浦斯没死，被路过的科林斯王收留，当成养子。长大后，他得知自己的可怕命运，决心离开科林斯王远走高飞。——他还以为科林斯王就是自己的亲爹呢。

他来到忒拜城时，城邦正受着人面狮身女妖斯芬克斯的威胁。女妖出了个谜语：什么东西早上走路用四条腿，中午用两条腿，而晚上用三条腿？——如果忒拜人答不出来，城邦就要遭殃。俄狄浦斯解开了谜底：是人。人在婴儿时手脚并用满地爬、壮年时直立走、晚年又要拄拐杖。——俄狄浦斯拯救了忒拜，百姓们便拥戴他做了国王，他还娶了新寡的王后。

十六七年过去了，城邦发生了大瘟疫。神明指示说，必须查出杀害先王的凶手，瘟疫才能平息。可追查的结果让俄狄浦斯大惊失色，原来先王就是十几年前自己在路上失手杀死的一位老人，那正是自己的亲爹；而眼前的王后呢，竟是自己的亲娘！

《俄狄浦斯王》插图

他到底没能逃脱弑父娶母的厄运！——王后得知此事，含恨自尽。俄狄浦斯从王后身上拔下金别针，刺瞎了自己的双眼，跟跟跄跄离开城邦，独自一人朝深山走去……在跟命运的抗争中，俄狄浦斯是失败了，可是他敢于向命运挑战，表现出崇高的道德勇气，虽败犹荣！

索福克勒斯还富于音乐天才。雅典城邦打败了波斯人，是他率领歌队高唱凯旋曲，把满城人鼓动得如醉如狂。后来他又被推选加入雅典的十人委员会，还当上了带兵打仗的将军。

据说他去世时，雅典正跟斯巴达打仗。敌方的统帅久仰他的大名，特命暂时休战，好让诗人的遗体能归葬故里。——作为一位诗人，索福克勒斯享尽了人世间的最高荣誉！

欧翁《美狄亚》：神女也疯狂

索福克勒斯笔下的人物大都带有理想的气质，而另一位希腊悲剧诗人欧里庇得斯，却是按"人本来是什么样子"来写人生。

欧里庇得斯一生写过九十二个剧本，却只得过五次奖。不过他的作品保存下来的最多，有十七八部，像《特洛伊妇女》《希波吕托斯》等，都很有名。其中可称为代表作的，则要首推悲剧《美狄亚》了，那是根据"伊阿宋取金羊毛"的神话传说创作的。

美狄亚是谁？她是科尔基斯王的女儿。传说她身上有着太阳神的血统，并且精通魔法。她狂热地爱上了希腊英雄伊阿宋，伊阿宋是来黑海岸边取金羊毛的。金羊毛是举世无双的宝贝，被美狄亚的父王藏在神殿中，还派了一条永不闭眼的毒龙看守着。美狄亚施展魔法，令毒龙睡去，帮助伊阿宋拿到了金羊毛。在逃走的路上，美狄亚甚至不惜杀死自己的亲弟弟！

伊阿宋也是位王子，他的叔叔篡夺了王位，要他取金羊毛来换回王位，本来是想借刀杀人。金羊毛取回来，叔叔却没有让出王位的意思。美狄亚于是再施魔法，杀死伊阿宋的叔叔。两人因此受国人鄙弃，无处安身，只好去了科林斯国。

十年间，美狄亚替伊阿宋生了两个儿子，日子还算太平。可伊阿宋是个喜新厌旧的家伙，他见科林斯国王克瑞翁的公主又年轻又漂亮，便向她求婚，反将美狄亚母子赶出门。

美狄亚先是大哭大闹，指责伊阿宋忘恩负义；可不久就平静下来，不但向伊阿宋认错，还让孩子捧了精美的长袍和金冠去献给新娘子。

公主喜出望外，迫不及待地穿戴起来。哪知金冠长袍一上身，

以美狄亚故事为题材的油画

立刻喷出火焰来。国王来救女儿，结果父女双双烧死在烈火中！

伊阿宋记挂着儿子，急忙来寻美狄亚，可还是晚了一步：只见美狄亚抱着两个儿子的尸体，脸上露出可怕的笑容，乘着车子腾空而去。——伊阿宋哭倒在地上。

爱得疯狂，恨也疯狂。美狄亚是个烈性女子，她用杀害骨肉的方式向薄情的丈夫报仇，实在太偏激了。可是除此之外，一个遭人遗弃、孤立无援的妇女，还有什么更有力的复仇手段呢？诗人在剧中生动描摹了美狄亚杀死儿子时矛盾而又疯狂的内心活动。这个性格刚烈的女人，也便成了挑战男权、千古不朽的妇女典型。

欧里庇得斯在世时，人们并没看好他的剧本。他的作品价值，在他死后才渐渐显露出来。诗人死在马其顿，雅典人为他竖起一块纪念碑，上面刻着："欧里庇得斯的纪念碑就是整个希腊世界！"

阿里斯托芬，不仅带来笑声

希腊人爱看悲剧，也爱看喜剧。喜剧的代表作家，应数阿里斯托芬。他同样出生在雅典，一生交游很广，当时的大学者苏格拉底、柏拉图，全是他的朋友。他一生写了四十四部喜剧，流传下来的有十一部，像《阿哈奈人》《骑士》《和平》《蛙》等，都大受欢迎，得过头奖。

别以为喜剧就是开开玩笑、耍耍贫嘴，阿里斯托芬的喜剧大都有着严肃的主题。诗人生活在公元前5到公元前4世纪之间，那时雅典正跟斯巴达打仗，农民们被弄得苦不堪言。诗人站在百姓一边，他的喜剧大都表现了反对战争、同情农民的主题。

拿《阿哈奈人》做例子吧，剧中的农夫狄凯奥波利斯讨厌战争，于是私下跟斯巴达人订立了三十年和约。他还冒着被砸死的危险宣传反战思想，对众人说：战争对谁有利呢？那还不是为了几个妓女和一点儿鸡毛蒜皮的小事儿纠缠不休，让几个主战的军官捞便宜吗？再说一个巴掌拍不响，雅典在战争中就没责任吗？

戏剧结尾处，狄凯奥波利斯一家平平安安欢庆酒神节，主

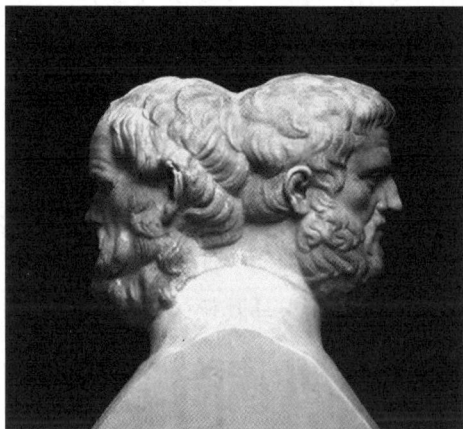

阿里斯托芬与索福克勒斯的雕像

人喝得烂醉，由两个吹笛女郎搀扶着归来。而主战派将军马科斯呢，从战场上负伤而回，叫苦不迭。战争与和平两种结局对比鲜明，作者的用意是再明显不过。

阿里斯托芬的喜剧讽刺辛辣，刺痛了雅典的统治者，于是有人控告他犯了诽谤罪，还差点儿判他死刑！不过后世的文学家都很崇拜他，德国大诗人歌德就曾改编过他的剧本。以讽刺见长的德国诗人海涅还宣称：我就是阿里斯托芬的继承人！

奴隶的哲思：《伊索寓言》

希腊戏剧的作者大多是贵族，而希腊的另一种文学形式——寓言，其作者中却不乏平民和奴隶。那位举世闻名的寓言作家伊索，就是个地位卑贱的奴隶。

伊索生活在公元前6世纪后半叶，相传他其貌不扬，脑瓜儿却绝顶聪明。随主人外出旅行，别人都抢着搬最轻的行李，他却扛起沉重的面包筐。只是别的行李越背越沉，可他的面包筐却是越来越轻。这位智者常常随口编一些寓意深刻的小故事，虽说只有三言两语，里面寄寓的哲理却足以指导人生。

《伊索寓言》中有不少是借动物影射人的。像咱们熟悉的《狐狸与葡萄》，是说狐狸吃不到高处的葡萄，就宣称那葡萄是酸的。仔细想想，这里面对人性的讽刺，实在微妙而深刻。

另一则关于狐狸的寓言，说狐狸看见树上的乌鸦叼着一块肉，就花言巧语地夸奖乌鸦，说它歌喉婉转，可以做鸟中之王。乌鸦忘形地开口一叫，嘴里的肉落下去，给狐狸叼跑了。寓言最后说："这故事适用于愚蠢的人。"可人人知道这故事，却又总不免重复乌鸦的错误。

在另一则寓言里，伊索还借神来讽刺人：神的使者赫耳墨斯参观一家雕刻作坊，他问工匠：宙斯的雕像值多少钱？工匠回答：一个银币。他又问赫拉的像，回答是更贵些。最后他看见自己的像，心想自己是神使，又能招财纳福，价钱一定更高，便兴冲冲地向匠人打听。匠人答道：你若买那两个，这个就算是饶头儿白送啦！——人总是缺乏自知之明，结果只能像赫耳墨斯这样自讨没趣儿。

此外，《农夫与蛇》《狼与小羊》，也都是富有教益的故事。另有一则寓言，说蛇向宙斯诉苦，叹息自己总遭人践踏。宙斯回答：当头一个人踩你时，你就狠狠咬他，第二个人自然不敢再踩啦。——这则寓言在教人反抗呢，这正是奴隶从皮鞭下总结出来的哲学。

相传伊索凭着他的聪明智慧，多次为主人排难解纷。主人为报答他，恢复了他的人身自由。那以后，他曾在路狄亚王和巴比伦王的宫廷里待过，但不久因抨击权贵，被贵族们扔下山

《伊索寓言》插图

"Out of Reach Is Not Worth Having."
The Fox and the Grapes.

崖杀害了。

伊索死后二百年，有个希腊人把他的寓言搜集起来，编成册子。后人又不断添加新的寓言——今天的《伊索寓言》已有三百六十多篇。一个人可能不知道荷马和埃斯库罗斯，可是一提起伊索，他

《伊索寓言》中译本

们一定会说：不就是《狐狸与葡萄》的作者吗！

罗马文学逊比邻

源源问爷爷："希腊文明是怎样衰落的呢？"

"这就要提到希腊的邻居啦，"爷爷回答，"大约公元前300年，希腊的北邻马其顿控制了希腊；一百年后，希腊又变成罗马帝国的属地。罗马帝国是地跨欧亚非三洲的地中海霸主，它从兴起到衰落，足足经历了一千年。那正是咱们中国从春秋到南北朝的一段时间。

"罗马帝国靠着武力征服了希腊，可反过来，希腊又凭借其文化魅力征服了罗马。就拿神话来说吧，古罗马本来是崇尚拜物教的；可自从接触了希腊文化，罗马神话便全盘'希'化啦。

"跟希腊神话一样，罗马神话里也出现了众多神明，只不过换换名字而已。像万神之王宙斯，在罗马神话里改名朱庇特；天

维纳斯的诞生

后赫拉呢，变成了朱诺；爱和美的女神阿佛洛狄忒改名叫维纳斯——咱们常能见到她那断臂雕像，她在罗马神话中的地位可高啦，因为罗马人的始祖埃涅阿斯就是她的儿子！

　　"罗马最著名的史诗《埃涅阿斯纪》，记录的就是这位始祖的事迹。说起来并不陌生，埃涅阿斯是伊利昂城老国王的女婿。伊利昂城让希腊人焚毁后，埃涅阿斯率特洛伊残部乘船逃往海上。

　　"就在奥德修斯在海上漂流的当口，埃涅阿斯也经历了不平凡的航程。他乘船绕过西西里岛来到台伯河口，又跟意大利原住民展开了一场恶战。最终特洛伊人在意大利站稳脚跟，拉开罗马千年古国的序幕。

　　"《埃涅阿斯纪》的作者是罗马'诗坛三杰'之一的维吉尔。他出生在阿尔卑斯山脚下，从小家境富裕，读过不少书。由于偶然的机缘，他受到罗马君主屋大维的赏识，并奉旨写一部罗马史诗。

　　"史诗足足写了十年，为了写好它，维吉尔还亲自到希腊及

根据《埃涅阿斯纪》创作的绘画

小亚细亚一带实地考察，结果染上热病，死在途中。史诗共分十二卷，一万多行。读一读这部史诗便能看出，维吉尔是拿《荷马史诗》当样板的，诗的前六卷写海上漂泊，是模仿《奥德修纪》；后六卷的战争描写，则是模仿《伊利昂纪》。

"模仿的作品，毕竟缺少点儿生气。不过这是世界上头一部'文人史诗'，又自有其独特风格。像结构严整、语言精练、格调细腻、感情深沉等优点，都是民间作品不具备的。"

"您刚才提到罗马'诗坛三杰'，另两位又是谁？"沛沛问。

"另两位嘛，一位是贺拉斯，他是位抒情诗人，既爱写恬静的田园生活，也喜欢歌唱美酒与爱情。他的诗歌收在《歌集》中。还有一位是奥维德，是'三杰'中最年轻的。他编写的《变形记》收集了二百五十篇希腊、罗马神话以及种种英雄传说和历史故事，被后人称为'神话词典'。

"这三位都生活在公元前后的一二百年里头，那正是罗马文学的黄金时代。罗马还出过几位戏剧家。像写过《一罐金子》的普劳图斯，还有《婆母》和《两兄弟》的作者泰伦斯。他们的作品多是喜剧。不过总的说来，罗马戏剧创作的成就赶不上希腊。在古罗马，也找不到古希腊那样气势宏伟的露天剧场。

"罗马倒是有一座石头砌成的环形大赛场，不过那不是演戏的地方，而是斗兽场。从风俗习尚的不同，我们已经隐约明白罗马文学落后于希腊文学的原因啦。"

第 4 天

印度史诗与日本和歌

印度、日本·
前25—10世纪

印度文学，"大林深泉"

沛沛提醒爷爷："四大文明古国中的印度，您还没提呐。"

"说起印度，我倒要考考你：印度与中国在古代有哪些文化交往？"爷爷反问。

沛沛想了想："中国的佛教是从印度传来的。好像中国的戏剧、小说的发展，也多少受了印度文化的影响。对了，长篇小说《西游记》讲的就是唐僧到印度取经的故事。我记得您说过，孙悟空的形象，还跟印度史诗里的神猴有点儿瓜葛呢！"

源源说："印度文学我不熟悉，我只知道印度是中国的近邻，跟中国隔着一道喜马拉雅山脉。那儿气候热、雨水多，恒河流域土肥水旺，是一片乐土。印度人民在那儿生息耕作，恒河就是他们的母亲河，跟中国的黄河、长江一样。据说印度文明的萌发，也是这条大河孕育的结果呢。"

爷爷赞赏地点点头："你俩说得都对。——印度盛产神话，大概也跟自然条件优越有关。有位学者就说过：热带地区植物茂盛、瓜果丰富，人们生活相对轻松些，同时也就有了浪漫遐想的余裕。有位德国学者甚至断言：'世界上一切童话和故事的老家是印度，一切寓言的老家是希腊。'这话当然不能全信。不过鲁迅先生也说过：'天竺（就是今天的印度）寓言之富，如大林深泉，他国艺文往往蒙其影响。'

"说起来，最早的印度诗歌距今已有四千五百年了，留存下来的有好几千首，都收在四部以'吠陀'命名的集子里，分别是《梨俱吠陀》《娑摩吠陀》《耶柔吠陀》和《阿闼婆吠陀》。——《吠陀》是婆罗门教的经书。在古梵语中，'吠陀'是'知识'的意思。

"四部《吠陀》集中，又以《梨俱吠陀》资格最老。里面包括一千多首神曲，加起来有两万多行！按《梨俱吠陀》讲，世间万物都起源于水，而先天地而生的大神叫'生主'，再由生主产生出'原人'。

"婆罗门教义主张人分四等：最高一等叫婆罗门，即僧侣、长老；第二等叫刹帝利，是拥有土地的军事贵族，包括国王、各级官员、武士等；第三等叫吠舍，即平民，包括农民、工匠、商人等；第四等叫首陀罗，是指贱民，只能当雇农、奴仆，从事贱业。

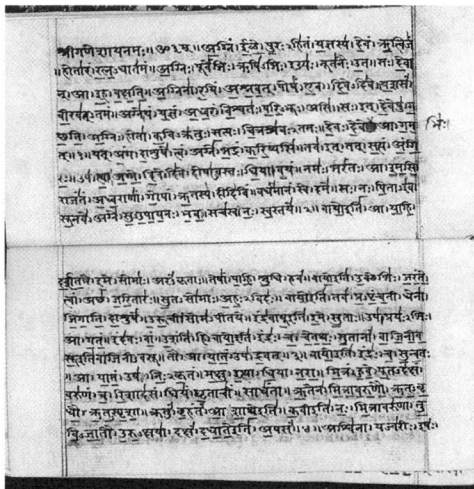

古印度吠陀经

"诗中解释，这四等人都是'原人'的一部分：

原人之口，生婆罗门；

彼之双臂，长刹帝利；

彼之双腿，产生吠舍；

彼之双足，出首陀罗。

"这说法，让人联想到华夏'盘古化生万物'的神话。

"《吠陀》诗歌中既有神话传说，也不乏人间生活的描写。听听这首小诗：'人的愿望各不同，木匠就盼车子坏，医生盼人跌折腿，僧侣就等施主来。'多像一首打油诗！读着这诗，你会觉得我们跟四五千年前的人没啥隔膜。

"不过《吠陀》诗歌还不是古印度文学中最出色的篇章。有两部史诗《摩诃婆罗多》和《罗摩衍那》，才是印度古文化宝库中的瑰宝。——据说天神曾把《摩诃婆罗多》跟《吠陀》诗集拿到天平上去称，结果史诗的分量更重些，二者价值的高低，就这么排定了。"

史诗巨著《摩诃婆罗多》

《摩诃婆罗多》篇幅特别长，足有十万颂。一"颂"是两行，加起来就是二十万行。两部《荷马史诗》加起来，才是它的八分之一左右。这可是世界上最长的史诗了！

"摩诃婆罗多"就是"伟大的婆罗多族"的意思。内容说的是婆罗多王族有兄弟两个，一个叫持国，一个叫般度。持国生下来就双目失明，王位也便让般度来继承。不过持国多子多福，有一百个儿子；般度呢，只有五个。

后来般度死了，王位由双目失明的持国接着坐。持国的大儿子难敌是个野心家，他一心要把般度的五个儿子挤走，好把王位永远霸在自家手里。

有一回节日庆典，难敌把五个堂兄弟请到一座美丽的宫殿里。这宫殿是拿树胶筑成的，沾火就着。到了夜里，难敌派人点着了宫殿。他满以为眼中钉从此"人间蒸发"，哪知五兄弟早已得知消息，连夜从地道逃走了。

后来五兄弟在盘遮罗国被招为驸马，腰杆儿硬了，回来跟持国平分天下。难敌不死心，又骗五兄弟掷骰子。五兄弟输掉金银、车马、仆从、军队、城池，最后干脆连老婆也都输掉啦。结果五人被放逐到大森林里，一去就是十三年。

再后来，般度五子带兵跟难敌展开一场恶战。战争打了十八天，持国的一百个儿子全都战死，般度一方也损兵折将，只剩下五个"光杆司令"。最

《摩诃婆罗多》中的辨才天女

And there she left the babe in a cool glade
By murmuring streams that babbled in the shade.

《摩诃婆罗多》插图

终五兄弟得了天下，并把国家交给儿辈，他们自己则进雪山修行，全都升入天国。在那儿，五兄弟跟持国的一百个儿子"一笑泯恩仇"，大家全做了天神啦。

《摩诃婆罗多》的作者，相传是一位名叫毗耶娑的大仙。不过学者们说，这部大史诗绝不是一个人完成的。事实上，史诗从公元前10世纪就开始流传，到公元4世纪才最后完成，相当于中国的南北朝时期。

最初史诗只是对印度历史上一场战争的记述，在一千多年的传唱中，不断添枝加叶，融入无数神话故事、民间传说以及人们获得的新知识、新思想。在后人眼里，它不单是文学作品，更是一部古印度文化的百科全书！

罗摩遭劫，神猴出手

说起来，另一部史诗《罗摩衍那》的文学味儿更浓些。全诗分为七篇，两万多颂，大约产生在公元前4世纪到2世纪之间。

"罗摩衍那"意为"罗摩传"。罗摩是谁呢？他是古代十车王的太子，娶了别国公主悉多做妻子。后来十车王听信王妃的挑唆，废长（zhǎng）立幼，把太子罗摩放逐到大森林里，立王妃生的小儿子婆罗多为太子。——其实婆罗多倒也是个好青年，他追不到哥哥，便拿哥哥的一双靴子放在宝座上，自己算是替哥哥摄政。

罗摩的妻子和另一个弟弟不愿意抛弃他，甘愿跟着他去受苦。森林里的生活可艰苦啦，不但野兽成群，还有妖精出没。十首魔王的妹妹看上了英俊的罗摩，向他求婚，罗摩当然不会答应。女妖就怂恿哥哥把悉多抢了去。

罗摩到猴子国求援，猴王派了神猴哈奴曼去打探消息。哈奴曼摇身现出猴形，一跃跳过大海，在魔王的花园里找到悉多，并向她通了消息。后来猴子国的大军帮助罗摩造桥渡海，跟魔王展开一场大战，终于夺回了悉多。

等流放期满，罗摩回国坐了王位，忽然又心生疑惑，说妻子悉多久困魔国，贞操难保。悉多有口难辩，悲痛万分，纵身跳进了地缝里，只把一缕长发留在罗摩手中……

罗摩是诗中的主角，他文武双全，道德高尚。在后来的印度教中，他被奉为神明。悉多的形象更动人，她的遭遇，大概正反映了古代印度妇女的命运吧。神猴哈奴曼呢，他可是最让中国读者感兴趣的形象了：你看他变化无穷，法力通天；罗摩最终能战胜魔王，就是靠他从魔婆手里骗来神镖，才结果了魔王的性命。这简直可以编进《西游记》，作为第八十二难啦。

《罗摩衍那》的作者相传是蚁垤（dié）大仙。悉多被遗弃后，蚁垤曾照料并保护她，还把她跟罗摩的事迹编成长诗让人传唱。这部史诗据说就是这么产生的。

哈奴曼铜像

《摩诃婆罗多》和《罗摩衍那》对印度后世文学影响极大。有人说，假使把与这两部史诗有关联的作品去掉，印度文学史便成一片空白啦。——古印度最著名的戏剧《沙恭达罗》，就是从《摩诃婆罗多》中取材写成的。

魅力无限的沙恭达罗

《沙恭达罗》的作者叫迦梨陀娑，意为"迦梨女神的奴仆"。有人推测，他应是印度笈多王朝的一位宫廷诗人，大约生活在四五世纪，跟中国东晋诗人陶渊明相去不远。

迦梨陀娑的作品不少，有诗歌，也有剧本。诗中有一首《云使》最出色，而剧本中最有名的，就数这部《沙恭达罗》了。

这部七幕诗剧讲的是一个动人的爱情故事：沙恭达罗是孔雀般美丽的姑娘，她在净修林中修行，被出城打猎的豆善陀国王见到了。两人一见钟情，私下成亲。临别时，国王把一枚刻着自己名字的戒指送给姑娘当信物，还说一回宫，马上就来接她。

国王走后，姑娘日思夜盼，神魂颠倒，有一位大仙打这儿路过，她竟没看见。大仙怪她无礼，诅咒说：你的"那个人"决不会再想起你，除非他见到送给你的信物！

　　沙恭达罗到京城来寻国王，国王果真把她忘啦。她想拿戒指来提醒国王，可是奇怪，戒指竟不知丢到哪儿去了。姑娘还想拿旧情来打动国王，国王却指桑骂槐，说沙恭达罗是女骗子！——一个姑娘家，到这会儿真是走投无路啦。突然金光一闪，姑娘不见了。原来她是天女所生，此刻是她的亲娘来接她回天国了。

　　这天，京城里捉到一个渔夫，他正在卖一枚刻有国王名字的戒指。他争辩说戒指是从一条鱼的肚子里剖出来的。国王一见戒指，如梦方醒，顿时想起了沙恭达罗。他长吁短叹，自怨自艾，恨自己为什么这样薄情。他让人画了姑娘的画像，整天对着画像流泪。

　　后来国王应天神之邀，到天国去剿除恶魔，凯旋途中见到一个相貌奇伟的孩子。一打听，那正是自己与沙恭达罗养下的儿子。不用说，结尾是一派欢天喜地，豆善陀国王跟沙恭达罗终于破镜重圆。

舞剧《沙恭达罗》剧照

沙恭达罗是印度文学中最美的少女形象，她纯洁善良，又温柔又自尊。难怪剧本传到欧洲后，德国大诗人歌德和席勒都赞不绝口，说沙恭达罗是世上一切美的化名，又说她身上表现出来的女性美，是任何一部古希腊作品都无法相比的。东方女性的魅力，彻底征服了这两位西方文豪。

日本神话渊薮《古事记》

其实东方女性的美好形象，又何止印度文学中有呢？在咱们东邻日本的文学画廊中，也有不少温柔妩媚的女性形象。——日本文化的发展要晚些，它跟中国文化有着密切的渊源关系。就连日本的文字，也是在汉字的基础上演化创造的呢。

在5世纪汉文化传入日本之前，日本民间已经有不少歌谣、神话和民间故事。8世纪初，日本元明天皇迁都奈良，下令整理记录神话和谣谚，于是《古事记》和《日本书记》两部书便应运而生。

《古事记》的整理记录者是太安万侣，书中的内容全是由熟知古神话及天皇家谱的宫中女官稗田阿礼口述的。往后你还会看到，在古代的日本，文学创作仿佛成了女性的专利。

《古事记》从天神写到帝王，目的是向天下宣示：天皇的祖宗是神，因而天皇掌握国柄的权力是上天赐予的。——这跟中国封建皇帝自称"天子"的用意是一样的。

《古事记》里记述了好几位神明：月亮神叫作"月读命"，台风神叫作"建速须佐之男"。当然，最有权威的还是太阳神"天

日本奈良风光

照大御神"，天皇就是她的后裔，不过她是位女性。

据《古事记》里说，有一回建速须佐之男——也就是天照大御神的弟弟，喝醉了酒撒酒疯，吓得她躲进岩洞，结果天地间陷入一片黑暗。

八百万众神为了引她出来，又是唱又是跳，弄出很大的响动来。天照大御神好奇地伸出头来瞧，众神一下子把她拉出来，又在她身后挂起稻草绳编的帘子，使她后退不得，于是天地间又恢复了一片光明。

如今日本国旗上画着一轮红日，就象征着对天照大御神的崇拜，而日本民间至今还保留着挂稻草绳避邪的习俗呢。

和歌经典《万叶集》

日本人还喜欢作诗，不过开始时，那些诗受中国诗歌的影响很深，用的文字也是汉字。渐渐地，一种有着日本民族特色的古体诗便形成了。由于日本民族称"大和"民族，这种诗体就被称作"和歌"，又叫"倭歌"。

日本至今还保存着最古老的和歌总集——《万叶集》，集子里共收录四千五百多首和歌，多半是些抒情短歌。这部诗集是在8世纪的奈良时代末期编辑完成的，在中国，那正是"诗仙"李白、"诗圣"杜甫生活的时代。

对了，日本也有一位"诗圣"——柿本人麻吕（约660—约720）。他擅长写抒情长歌，在当时的诗坛上，可说是登峰造极啦。他到京城去，写诗与妻子告别说：

……
滩上生青藻，海中长青藻。
朝风阵阵吹，夕浪随风扫。
风浪一来时，海藻东西倒。
海藻如吾妹，吾妹形枯槁。
……
离乡日以远，越山日以高。
吾妹依门望，思我多忧劳
……

◎此诗为《柿本朝臣人麻吕从石见国别妻上来时歌二首》之一。◎吾妹：诗人对妻子的昵称。

诗人运用比兴的手法，一唱三叹，抒发的是离别亲人时痛苦无奈的心情。感情真挚，语言朴实，很有点儿唐诗的味道。

《万叶集》除了收录柿本人麻吕及山上忆良、大伴旅人等名家的诗作，也收有上自天皇贵戚、文臣武将，下至农父、渔夫、妓女、乞丐的作品。有的诗连作者的名字也没留下。

至于诗歌的内容和风格，更是多彩多姿：男女恋爱啊，羁旅哀愁啊，游宴狩猎啊，还有不少

《万叶集》的汉译本封面

是悼念亡人的作品，大都感情真实，富于个性。这部诗集成了日本的国宝，那地位，有点儿像中国的《诗经》呢。

《万叶集》问世后二百年，日本文坛上又出现了一种新的文学样式——物语。什么叫"物语"呢？大致说来，犹如我们所说的"故事"。《源氏物语》就是"源氏的故事"；《平家物语》呢，就是"平家故事"喽。

《源氏物语》：日本皇族那点儿事儿

就说说这部世界闻名的《源氏物语》吧。这可是本大部头的著作，总共有一百万字，分为五十四回。书中写了两代贵族的人生经历：前四十四回写源氏的故事，后十回写他的儿子薰君的故事。

《源氏物语》插图之一

源氏是桐壶天皇的小皇子，生得眉清目秀、聪明伶俐，天皇别提多喜欢他了。这却引起弘徽殿女御的忌恨：因为她是大皇子的娘，生怕天皇将来把宝座传给小皇子。

弘徽殿女御的爹爹是权高位重的右大臣；小皇子的亲娘，只是个"更衣"，地位近乎宫女，哪里是人家的对手呢！——为心爱的小儿子着想，桐壶天皇干脆把源氏降为臣籍，赐姓源氏，免得树大招风。

源氏不但容貌俊秀，聪明才智也超过常人。读书作画，赋诗弹琴，唱歌跳舞，没有不精通的，连古今名家也赶不上他。他还是个多情的人，跟许多女人有着感情瓜葛，甚至跟继母藤壶皇后也牵牵连连的，还生下个私生子呢。当然，在名义上，那是他的弟弟。

跟他来往的女人，有空蝉、夕颜、末摘花、紫上、六条妃子、胧月夜、明石姬……这些女子后来大都成了他的妻妾。当然也有例外，像空蝉，她本是一位老官吏的后妻，被源氏用不光彩的手段玷污了，可这以后她却没有委身源氏，而是巧妙避开他的纠缠，始终没再跟他见面。

在"情场"上春风得意的源氏，在官场上却一路坎坷。他曾被右大臣一派贬谪到一个叫须磨的荒凉去处，一待就是两年多。

冷泉天皇一继位，源氏时来运转啦。冷泉是从哥哥朱雀天皇那里继承王位的，其实他本人就是源氏和藤壶皇后的私生子。当他得知自己的身世后，对源氏格外尊崇倚重。——源氏一下子成了实际上的太上皇啦。

他在六条那地方修建了一座气派的大府邸，把他所有的妻妾都迁来居住。每逢节庆，六条院中歌舞升平，源氏的安富尊荣，到了极点。

可是源氏的内心并不愉快。他在四十岁上，曾迎娶朱雀天皇的三公主，那是个十三四岁的小姑娘。这么年轻的女孩儿家，怎么会甘心跟一个年龄可以当爹的人过日子呢？何况源氏本来就是她的叔叔。悄悄地，她跟贵族子弟柏木好上了，还怀了身孕，生下个儿子，取名儿叫薰君。

这简直是"现世报"啊！二十几年前，源氏不是跟继母养下了私生子吗？今天，源氏自己的妻子又重演了这一幕，这就是命运的捉弄吧。

后来三公主出家为尼，源氏所爱的紫上也生病去世。源氏历尽了人世沧桑，万念俱灰，终于在五十二岁时遁入空门，不久便死去了。

三公主的私生子薰君是书中后十回的主人公。他年轻英俊，出身高贵，跟源氏当年一样。可是在自信这方面，他却远不如源氏。他先后追求贵族女子大君、浮舟姐妹，却又总是疑虑重重、欲进又止的。终于，大君病死，浮舟也出家为尼。到头来薰君怀抱空空，整部书就在怅惘低回的气氛里收了尾。

女作家紫式部：长篇小说第一人

源源给爷爷的茶杯续上热水，爷爷喝了一口，接着说："《源氏物语》可以说是一幅古代日本贵族社会的大画卷。书中讲述了七十年间、四代天皇朝中发生的故事，前后出场的人物有四百多位，重要的人物就有几十位，却都写得一个个性格鲜明、面目生动。贵族生活的豪华气派，男女爱情的缠绵悱恻，宫廷中的钩心斗角，都由作者的一支笔细细写来，生动而有情致。

"对了，咱们还没来得及介绍呢，这样一部大作，作者竟是一位女性，名叫紫式部（约978—约1015）——其实这不是她的真名，她本姓藤原，家里是书香门第。她自幼丧母，从小跟着爹过活。爹教她读汉诗，她最喜欢唐代白居易的诗歌。后来家道中落，她出嫁不久夫君亡故。有位权势赫赫的藤原道长看中她的才华，召请她入宫去当女官。

《源氏物语》插图之二

"在宫中，她一面陪皇后读书，一面赋诗习文，还写下大量日记，这为她后来创作《源氏物语》积累了素材。书中的写实风格，也是这么奠定的吧。"

"可是这位藤原小姐为什么又叫紫式部呢？"沛沛不解地问。

"这个嘛，据说她自己很喜欢书中的女主角紫上，便拿'紫'做了自己的笔名。至于'式部'，那是她父亲的官名。后来你叫我叫的，她的真名反倒没人知道了。

"这倒也无关紧要，重要的是这位女作家为后世的日本文学树立了典范。书中生动的人物塑造、细腻的心理刻画、优美典雅的语言风格，成了后人效法、模仿的样板。蕴含在小说中的一股'幽情'，也成了典型的日本民族文学情调。直到现代，日本作家的作品里，还脱不开那么一种情调呢。

"有一点特别值得咱们中国人骄傲：一部《源氏物语》，处处显露着中国文化的影响痕迹。像中国儒家、道家的学说，中国宫廷的典章制度，以及种种中国文物、用具，在书中随处可见。至于中国的诗文、典故，更是被作者大量引用，光是白居易的诗句，就被引用了上百次之多呢。"

源源说："我听说秦始皇在位时，派方士徐福，带了几百童男童女到海外求仙寻药，后来漂流到日本列岛，就在那儿定居下来，成了日本民族的祖先。不知有没有这事？"

"那只是个传说吧，不过日本民间对此却也深信不疑。"爷爷回答，"日本民族很善于汲取其他民族的优秀文化，不过在文学方面，日本也有值得自豪的地方。《源氏物语》问世的年代，正当中国北宋初年，那会儿中国还没有长篇小说问世；像样的中国小说，直到明清时期才大量涌现。——这么论起来，罗贯中啊，施耐庵啊，曹雪芹啊，还得向这位异国女前辈致敬才是。"

第 5 天

一千零一夜也说不完的故事（附波斯神话及诗歌）

亚洲·6—14世纪

"先知"穆罕默德与《古兰经》

"前两天咱们说到犹太教和基督教的《圣经》，其实伊斯兰教也有一部'圣经'。"

听爷爷这么说，源源接口道："您说的是《古兰经》吧？"

"正是。《古兰经》记述的，是伊斯兰教的创始人穆罕默德的话。阿拉伯半岛的西海岸有个叫麦加的地方，6世纪，穆罕默德就出生在那儿。他本是贵族的后代，从小死了爹娘，先是给人家放牛，后来又跟着伯伯学做生意。

"以后他娶了位富孀，生意也越做越大。到了四十岁那年，穆罕默德突然宣称自己得到真主安拉的启示，作为真主的使者和最后一位先知，来向大众传警告、报喜信。此后他抛撒家财、济危扶困，受到穷人的拥护。就这样，穆罕默德创立了伊斯兰教。

"伊斯兰教信奉唯一的神安拉，而当时的麦加却是多神教的天下。信奉多神教的麦加贵族拼命打压伊斯兰教，穆罕默德受到排斥，只好带着信徒去了麦加北面的麦地那。

"穆罕默德以麦地那为大本营，一边传播宗教，一边招兵买马，终于在八年后重新回到麦加。——麦加有座圣殿，叫克尔白，

北京牛街清真寺建于辽，已有上千年历史

又称天房，本来是祭祀多神教偶像的地方。穆罕默德清除了这些偶像，只留下一块黑石头，作为朝拜的圣物。以后这地方便成了伊斯兰教的圣地。

"穆罕默德传教时说过的话，被他的弟子们记录下来，便成了这部《古兰经》。全书分成一百多章，共三十多万字。其中包括伊斯兰教的教义和伦理，又涉及历史、文学、风俗，还收入不少神话传说、寓言故事等。

"真主造人啊，亚当、夏娃被赶出乐园啊，还有摩西率领以色列人出埃及等故事，也被引用到《古兰经》中，只是人名有所不同。如摩西被称作穆萨，诺亚被称作努哈……耶稣的故事也在《古兰经》里出现，不过书中认为耶稣并没被钉上十字架，是真主把他接上天国啦。

"穆罕默德的事迹和言论，在《古兰经》里占了很大比重。

精美的伊斯兰装饰艺术

其中既有战争和外交等大事的记录，也有日常生活小事的描述。

"例如有一节写了这样一件事：有个妇女无端被丈夫抛弃，便去向穆罕默德诉委屈。可'清官难断家务事'，这位先知也只好说：我现在不能表示什么意见。那位妇女仍然苦苦哀求，穆罕默德却突然不说话了——这可是真主降下启示的兆头。过了片刻，穆罕默德说：'真主已听到你的诉说。从现在起，你丈夫不但要跟你和好，还得接受惩罚：为六十个贫民提供一天的口粮。'结果，还是穆罕默德帮这位丈夫交了罚金。

"读着这样的记述，你或许会觉着亲切多于神圣呢。由于《古兰经》有着这么丰富的内容，后世的阿拉伯文学家，都把它当作取之不尽的文学素材宝库啦。

"不过，《古兰经》毕竟不是纯粹的文学作品。真正的阿拉伯文学珍宝，还得说那部举世闻名的民间故事集《一千零一夜》。由于咱们的祖先把阿拉伯一带称作'天方'，因而这部书还有个美妙的名字，叫《天方夜谭》。"

《天方夜谭》从何谈起

《一千零一夜》共收集了二百六十多个精彩的民间故事，翻译成中文，足有一百五十万字。用一句话介绍这书的结构，就是"故事里套故事"。

怎么回事呢？看看书中第一个故事就明白了。

有个国王性情残暴，他发现王后对自己不忠，就把她杀掉了，连宫中的奴仆们也一个不饶。这还不解恨，他又决定每天娶一个姑娘做妻子，第二天早晨就把她杀掉，为的是报复女人！

宰相的女儿山鲁佐德又机灵又胆大，她不忍看着姑娘们一个个去送死，就自告奋勇进宫去陪伴暴君，还拉上妹妹一同做伴。到了晚上，姐姐便给妹妹讲起故事来，其实那是讲给旁边的国王听呢。国王果然听得津津有味。天快亮了，故事还没讲完。国王急于听下文，便下令把死刑推迟到明天。

可姑娘的故事一夜夜讲下去，永远是那么生动、精彩。国王听得入迷，刑期也一推再推。一千零一个夜晚过去了，国王终于受了感化，收起了杀人的念头，还正式娶山鲁佐德做了王

《一千零一夜》插图

后。国王还让史官把她讲过的故事记下来，这就是咱们看到的这部《一千零一夜》啦。

书中的故事丰富多彩，让人眼花缭乱。其中有爱情故事、冒险故事，还有神话、寓言以及种种奇谈怪说、趣闻逸事。书中人物也是形形色色，有国王、宰相、贵族、富商，还有渔夫、洗染匠、理发匠、乞丐、妓女……当然也少不了法师和魔鬼。

渔夫战胜了瓶中魔鬼

就说一则渔夫和魔鬼的故事吧。有个渔夫到海边去打鱼，连撒了三网，竟一条鱼也没捞上来。第四网挺沉重，拉上来一看，却是个用锡封了口的铜瓶儿。渔夫好奇，就打开了瓶盖儿，哪知瓶里冒出一股青烟，在半空中凝成一团，变成了一个青面獠牙的大魔鬼！

魔鬼对渔夫说：我要杀死你，你自己选择个死法儿吧！渔夫吓坏了，结结巴巴地说：是我放出了你，你怎么反而恩将仇报？——原来，这魔鬼被所罗门王关在瓶子里，已在海中浮沉了四百年啦。它憋了一肚子怨

《渔夫与魔鬼》插图

气，在瓶里发誓说：谁救了我，我就把他杀掉！

渔夫明白自己遇上了这么个不讲理的恶魔，反而冷静下来。他说：我是死定啦。可我不明白，那么个小瓶子，怎么能装下你这么个大块头呢？让我明白这是真的，我也就死而无怨啦。

魔鬼信以为真，便一摇身子，化作一缕青烟，又缩进铜瓶里。渔夫麻利地抓起盖子一盖，大声说：魔鬼，这回该轮到你选择死法儿啦！——最终魔鬼报答了渔夫的救命之恩。堂堂正正的人终于取得了胜利，尽管他是个身份低微的渔夫。

巴格达女郎的豪宅隐秘

《一千零一夜》的叙事手法十分高明，故事中往往一个悬念套着一个悬念，让你读起来就放不下。有个《脚夫和巴格达三个女人的故事》，就是个好例子。故事开始，写一个脚夫在巴格达市场上等雇主。有个妙龄女郎买了大批瓜果梨桃、肉食糕点，雇他来搬运。女郎住在一座富丽堂皇的大宅子里，里面还住着另两位漂亮姑娘。

脚夫被这里的豪华气

《脚夫和巴格达三个女人的故事》插图

派惊呆了，他见宅子里没有男人，便主动要求留下来当仆人。晚上摆下筵席，脚夫跟女主人碰杯畅饮，又唱又笑。正在飘飘然的当口，有人敲门；门外来了三个僧侣，全都瞎了左眼，他们是来寻宿的。女郎也请他们入席。

大家正吃得高兴，又听有人敲门。这一回来的是哈里发——也就是国王，还带着宰相和掌刑官。他们出来微服私访，一律是商人打扮。女郎照旧盛情款待。

等到酒足饭饱，女郎便叫人收拾杯盘，让客人们分列两旁，却叫脚夫从密室里牵出两条黑狗来，自己挥起鞭子把狗猛抽一顿。抽完了，又把狗搂在怀里，一个劲儿掉眼泪。

众客人心中纳闷，便向女郎询问其中缘故。不料女郎发起火来，击掌三下，顿时从密室里冲出七个拿刀的奴仆，径直扑向客人。——读到这儿，谁还撂得下书吗？可这仅仅是故事的开头。

原来，女郎本是财主的女儿，另外两个姑娘是她的异母姐妹；而那两条黑狗，竟是她的两个亲姐姐变的。爹爹死后，两个姐姐两次嫁人，都被丈夫遗弃；亏了妹妹好心收留，她们才不至于流落街头。可两个坏心肠的姐姐却恩将仇报，把女郎扔进了大海。

女郎被冲到一座海岛上，救了一条大蛇。那大蛇原来是位女神，她把女郎的两个坏姐姐变成了黑狗，要女郎每天打它们三百皮鞭，否则女郎自己也会变成她们的同类。

三位僧侣也各自讲述了自己的遭遇，原来他们也都是王孙贵族呢。——最终哈里发娶了女郎做王后，黑狗也恢复了人形，跟另两位姐妹分别嫁给国王的儿子和三位僧侣，故事到这儿才结束。

中国孩子阿拉丁与神灯

　　《一千零一夜》中还有不少系列故事，像《补鞋匠马尔鲁夫的故事》，就包含了三十几个小故事。《辛伯达航海旅行的故事》则包含了七个故事，写的是冒险家辛伯达的七次海外冒险。自然，有些单篇也很精彩，比如《阿拉丁与神灯的故事》。有意思的是，故事中的主人公阿拉丁竟是个中国孩子。

　　阿拉丁本是裁缝的儿子，从小淘气，爹爹也被他气死了，只好跟娘相依为命。有一天忽然来了个魔法师，自称是他没见过面的伯伯。"伯伯"带他出城游玩，走到一处荒野，魔法师作起法来，地面忽然裂开，露出一个洞口来。魔法师把一个戒指交给阿拉丁，让他戴上后下到洞里，把一盏旧油灯取上来。

《阿拉丁与神灯的故事》插图之一

阿拉丁下到洞中，在一大堆财宝中找到那盏灯。回到洞口时，魔法师坚持要他先递上油灯，再拉他上去。两人相持不下，魔法师发起狠来，把阿拉丁关在了洞里。

阿拉丁在黑洞中叫天天不应，叫地地不灵，急得直搓手。他无意中擦到戒指，顿时有个巨神出现在眼前。——阿拉丁这才知道，这戒指原来是个宝贝！

靠着巨神的帮助，阿拉丁回到了娘的身边。有一回，娘要把这盏铜灯卖了换钱，因见油灯又脏又旧，就抓了把沙土来擦。这一擦不要紧，有个更高大的巨神出现了，自称是灯的仆人，问老太太有什么吩咐。

《阿拉丁与神灯的故事》插图之二

阿拉丁这才明白，这盏灯是个更值钱的宝贝，难怪魔法师急着得到它！以后阿拉丁靠着这盏神灯的帮助，造起一座大宫殿，还娶了美丽的公主做妻子。

那个坏魔法师当然不甘心啦，他趁阿拉丁不在，从公主手里骗走了神灯，还把公主连同宫殿一块搬到了非洲。——幸亏阿拉丁手上还有魔戒在，借助它的神力，阿拉丁终于夺回神灯，杀死了魔法师；以后还继承王位，当上了国王。

光明取代了黑暗，正义战胜了邪恶。神灯故事的主题，跟渔夫与魔鬼的主题近似，都反映了阿拉伯人民的爱憎心和是非观。

阿里巴巴："芝麻开门"

其实从《阿里巴巴与四十大盗》里，同样能看到这一主题，这可是《一千零一夜》中最有名的故事了。

阿里巴巴是个穷汉，靠打柴养家糊口。一次他在深山砍柴，无意中发现了强盗的藏金洞。等强盗不在时，他就学着强盗的样儿，在洞前喊：芝麻芝麻快开门！——洞门真的打开了。阿里巴巴进洞取了三袋金币，兴高采烈地回家了。

阿里巴巴的哥哥高西木是个贪心不足的家伙，听说了弟弟的奇遇，便也赶了十头骡子，去藏金洞里搬财宝。一进洞，门就在身后关上了。他只顾装金币，却忘了开门的咒语！等强盗们回来，刚好"瓮中捉鳖"，把他抓住杀掉了，尸首也给剁成了几块！

画家笔下的阿里巴巴

为着手足之情，阿里巴巴冒险进山，偷偷运回哥哥的尸体，又雇了个裁缝把碎尸首缝在一起埋了。可这么一来，却叫强盗们听到了风声。有个强盗打探到阿里巴巴的住处，在他家门上画了记号，准备来杀他。

这事儿被高西木的女仆发觉了。那是个胆大机灵的姑娘，她马上在邻家的门上也都画了同样的记号。强盗们再来时，分不出真假，难以下手。为了这，先后有两名强盗探子丧了命。

后来强盗头子亲自出马，扮作运货的商人，来到阿里巴巴家借宿。他用骡子驮了三十八只大瓦罐，其中一只罐里装的是菜油，其余的各藏着一个弟兄。

《阿里巴巴与四十大盗》插图

这回又是机灵的女仆发现了强盗的诡计。她把那罐菜油烧得滚烫，然后每个瓦罐里浇上一瓢，三十七个强盗全都给她打发回"老家"啦！

最终，强盗头儿也难逃一死。阿里巴巴获得了藏金洞的全部财宝。女仆呢，也成了阿里巴巴的侄儿媳妇啦。

《一千零一夜》的手抄本，早在八九世纪

就在民间流传了，但全书基本定型，却是十五六世纪的事。学者们考证说，书中的故事有些是巴格达、波斯的民间故事，也有的来自印度和埃及。总之，它融入了亚非人民的聪明智慧，是世界各民族的共同财富。

书中故事对欧洲文学也产生了影响，就拿《阿拉丁与神灯的故事》来说吧，《格林童话》里的《蓝灯》，安徒生笔下的《打火匣》，就都是它的变形呢。

女王变骡也有中国版

《一千零一夜》中还有个"白鲁·巴卜"的故事，白鲁·巴卜是年轻的波斯国王，沦落到辽彼女王宫中。辽彼女王善施魔法，白鲁·巴卜对她早有提防。

有一回白鲁·巴卜从梦中醒来，发现女王将一撮红粉末撒在地上，地上便出现一条河。她又将一把大麦撒在地上，引河水浇灌，大麦顷刻间发芽生长、开花结穗。女王采摘麦穗磨成面粉收藏起来。

白鲁·巴卜暗中求助一位有魔法的老人，采用调包计，欺骗女王吃下有魔法的面粉，女王顿时变成一头骡子！后来这头骡子被一老婆婆买去，又恢复了人身。——而与之类似的故事，也早就出现在中国古代的文人笔记中。

唐人薛渔思撰有《河东记》，内有《板桥三娘子》一篇，写一赵姓客商到汴州板桥客店住宿，夜间窥见店主三娘子把荞麦子撒在床前地上，并用六七寸长的木人、木牛耕种，顷刻收荞麦七八升，

《一千零一夜》的汉译本足足有八卷

磨面制成烧饼。清早，三娘子招呼住店客人吃烧饼，结果客人食后都变成驴子。赵客商使用调包计，骗三娘子也吃下毒烧饼，于是三娘子也变成健壮的驴子。几年后赵姓客商骑驴入关，遇一老人，帮三娘子破除魔法，恢复了人形。

据考在希腊史诗《奥德修记》和罗马故事《变形记》中，都谈到将人变猪、变驴的神奇巫术。这故事的源头大概来自非洲东海岸。学者认为，是大食商人把这个故事带来中国。不过那时《一千零一夜》还未定型，《板桥三娘子》的故事大约来自另外的源头，也说不定。

《一千零一夜》的内容极为丰富，那应是海纳百川的结果，故事来源既有巴格达、波斯的，也有印度、埃及乃至欧洲的，亚非欧的民间文学都为这部阿拉伯故事集做出了贡献！

波斯神话，拜火崇光

信奉伊斯兰教的亚洲大国，还有古波斯，也就是今天的伊朗。历史上的波斯疆域辽阔，一度与中国接壤。两国早就有贸易来往，波斯的商队把香料、珠宝等运到中国来，又把中国的丝绸、瓷器运往西方。
他们经过的商道，就
是举世闻名的"丝绸
之路"。

早在四千年前，生
活在伊朗高原上的百姓
就有拜火的习俗。公
元前7世纪，有个叫琐
罗亚斯德（前628—前
551）的，改造波斯的

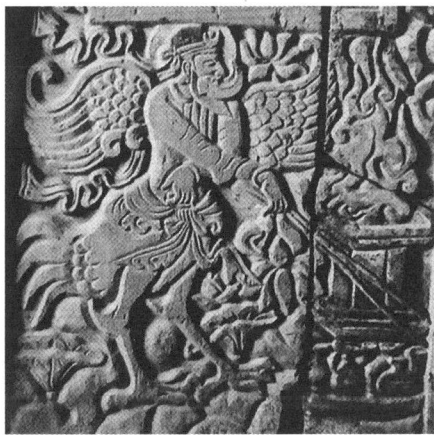

琐罗亚斯德教的壁画

原始宗教，创立了新教，就叫琐罗亚斯德教。——信奉伊斯兰教
是后来的事。

琐罗亚斯德教信奉光明之神阿胡拉·马兹达，崇尚"善恶二
元论"，认为宇宙分为善恶两大阵营；善神阿胡拉的光明阵营跟
恶神安哥拉的黑暗阵营斗个不停，据说要斗九千年哩！而整个世
界便在斗争之中创造出来。

善神阿胡拉又是智慧之神和创造之神，他创造了天空、星
辰、日月等，还造出"原牛"和"原人"来。恶神安哥拉也能创
造，可他造的却是毒蛇、害虫等丑类。恶神也有法力，善神创造
的"原牛""原人"全都死在他手下。

只是"原牛"死而不朽，它的骨髓里生出草木等植物，它的
精子生出各种有益的动物。"原人"呢，他的精子藏于地下，长
出大黄——那原是一种草药，而大黄中又生出一对相互拥抱的伴
侣：玛什耶和玛什耶那，这便是人类的祖先了。这又有点儿像中

国神话中的伏羲、女娲，希伯来神话里的亚当、夏娃。

阿胡拉不简单，他七位一体，除了自身，还是太空、大地、水、植物、动物和人类的保护神。琐罗亚斯德的神庙中燃烧着永不熄灭的圣火。信徒们过世后要实行天葬，用遗体喂鹰隼。

在波斯，琐罗亚斯德教一度成为国教，以后又盛行于中亚，并于北魏时传到中国，称"祆（xiān）教"或"火祆教"。此教中有位星辰雨水之神叫蒂斯塔尔，具有金牛、骏马、俊小伙儿三种化身。有学者考证，盛行于我国川滇地区的二郎神崇拜，就有着蒂斯塔尔崇拜的影子呢。

二郎神有着战神、雷神、火神、雨神等诸多神格，全都跟蒂斯塔尔相吻合。夏历六月二十四日是二郎神的"生日"，同时又是西南地区的火把节，这也与琐罗亚斯德教"拜火"的习俗相近。在琐罗亚斯德教信仰中，犬的地位很高。这下你该明白，二郎神身边那只连孙悟空都怕三分的"哮天犬"是从何而来的了。

与琐罗亚斯德教相关的石雕

有意思的是，琐罗亚斯德死于公元前551年，那一年，中国的孔子刚好诞生。

《鲁拜》多妙句，波斯重诗人

"爷爷，伊朗是啥时候开始信奉伊斯兰教的？"沛沛问道。

"是在7世纪。当时阿拉伯强大起来，波斯成为阿拉伯帝国的一部分，改奉伊斯兰教，直到今天依然如此。

"以后波斯渐渐摆脱了阿拉伯人的统治，建立了好几个小王朝。9世纪时，萨曼王朝的宫廷里出了一位大诗人，叫鲁达基（850—941）。他不但诗写得多——相传有一百三十万行，还创造了'四行诗'的形式。这种诗体短小精悍，有点儿像中国的绝句，很受波斯诗人喜爱。鲁达基也因此被称为'波斯诗人之父'。

"不过四行诗写得最好的，还得说波斯诗人莪默·伽亚谟（1048—1131）。以前人们只知道他是数学家和天文学家，直到近代，他的诗被翻译成英文，人们才发现他还是个出色的诗

《鲁拜集》插图之一

人。他的诗清新晓畅，又朴实又洗练。听听赞美光明的这一首：

醒呀！太阳驱散了群星，暗夜从空中逃遁。

灿烂的金箭，射中了苏丹的高瓴。（《鲁拜集》第一首）

"高瓴在这里指的是宫殿上的瓦。这诗短短的四句诗，把一幅金灿灿的'朝暾图'展示在读者眼前，也把诗人对光明的渴望表达得淋漓尽致。再听听这一首：

蒋牟西宴饮之宫殿，如今已成野狮蜥蜴之场。

好猎王巴朗牟之墓头，野驴已践不破他的深梦。（《鲁拜集》第十八首）

《鲁拜集》插图之二

"蒋牟西、巴朗牟都是波斯古代帝王。这一首讽刺统治者荣华易消，让人想起咱们中国先哲老子和庄子的人生见解。在另一些诗篇里，诗人还把人生比作一局棋，又说圣人的宣传也不过是痴人说梦。诗中含着耐人寻味的哲理，成了伽亚谟诗歌创作的最大特点。

"伽亚谟一生写了三百多

首四行诗，全都收在《鲁拜集》里。'鲁拜'就是四行诗的意思。这部诗集如今已被译成几十种文字，风行全世界。——我国福州市郊外有一座波斯古墓，墓碑上便刻着一首伽亚谟的四行诗：

> 从地底深处到土星之巅，
>
> 我已解决了宇宙的一切疑难。
>
> 如今，没有什么问题使我困惑，
>
> 但是，面对死亡之结我依旧茫然。

"这首诗刻于1306年，在中国，那时正是元大德十年。

"这以后的波斯诗人，还有13世纪的萨迪（1208—1291）和14世纪的哈菲兹（1320—1389）。萨迪的代表作是散文《蔷薇园》。这是一部道德训诫式的作品，由许多短章组成；在散文中还夹着诗歌，形成独特的文体。文中流露出作者对贫苦百姓的同

《蔷薇园》古抄本，珍藏于北京牛街清真古寺

情，对统治者及上层僧侣也有所讽刺。——北京牛街的清真古寺至今珍藏着一部《蔷薇园》手抄本，相传是 13 世纪一位阿拉伯学者从波斯带来的，那时萨迪还在人世呢！

"哈菲兹则以抒情诗见长，连德国大诗人歌德，也对他的诗赞不绝口呢。——今天，在伊朗的南方名城设拉子，耸立着萨迪与哈菲兹的高大陵墓。伊朗人民至今还为两位诗人感到骄傲呢！"

第 **6** 天

史诗悲壮说英雄

欧洲诸国·
5—15世纪

千年中世纪，史诗颂英雄

"亚洲的文学，已经谈了不少。回过头来，再看看中世纪的欧洲文学。"爷爷说道。

"常听人提起'中世纪'，那到底是指哪段时间啊？"源源问。

"那是指5世纪到15世纪的一段时间，在欧洲，那是个黑暗的年代。希腊和罗马的灿烂明灯熄灭了，遍布欧洲的封建领主们只懂得骑马厮杀、整桶地喝葡萄酒，他们才不关心什么文化呢。

"教会势力也不希望人们通过学习而聪明起来。不仅如此，他们还设立宗教法庭，用酷刑对付那些有独立见解的人。——科学家布鲁诺，不就是因为宣传日心说，被宗教法庭活活烧死的吗？就这样，欧洲大地整整沉默了一千年。

"不过教会也有教会的文学，像祈祷文、赞美诗，还有基督故事、圣徒行传、宗教奇迹剧等，只是都离不开《圣经》的狭隘题材。

"而与此同时，在贵族城堡的宴会上、农家茅屋的火炉旁，各民族的英雄史诗也正伴着琴声，一代代传唱。这些史诗包括英国的、法国的、德国的、西班牙的、俄罗斯的……产生的时间大

欧洲古城堡

约在六七世纪到十二三世纪之间。——其中最早的要数盎格鲁-撒克逊族的史诗《贝奥武甫》。那里面讲述的，还是该民族移居英伦三岛以前的事呢。"

《贝奥武甫》，豪杰降龙

我们知道，盎格鲁-撒克逊人是英国人的祖先，5世纪之前，他们生活在欧洲的北部。该族有一位丹麦国王，建成了一座辉煌的宫殿，并在宫殿中举行盛大宴会。不料音乐声引来水怪哥伦多，他认为这些闹闹嚷嚷的人在向自己挑战，于是来了个偷袭，一口气杀死三十人！

好像是尝到了甜头，以后它年年袭扰，为害十二年。这事传到邻国瑞典王子贝奥武甫的耳朵里，他带了十五名勇士前来降妖捉怪。丹麦国王在宫殿中举行宴会欢迎他，王后还亲自向他敬酒。

贝奥武甫慷慨发誓：与水怪势不两立，不是他死，就是我亡！

入夜，贝奥武甫留守宫殿，果然水怪又来偷袭，还当场咬死一名武士。贝奥武甫来不及披甲，赤手空拳与水怪展开搏斗，他一把攥住水怪的臂膀把他抡起来，水怪负痛逃走，只把一只胳膊留在贝奥武甫手中。

第二天夜里，水怪的老母来宫殿替儿子报仇，她趁贝奥武甫不在，掳走丹麦王的近臣。贝奥武甫追踪到湖边，被水怪老母拉下了水。眼看他的剑被打落了，可能是神灵相助吧，贝奥武甫突然在水中摸到一把巨剑，把水怪老母杀死，又在水下洞窟发现水怪的尸首，将其头割下。等他浮出水面时，人们见他手里拿着水怪的头和宝剑的柄——剑身呢？被水怪的毒血熔化掉啦！

《贝奥武甫》插图

贝奥武甫回国后，人们拥戴他当了国王，江山一坐就是五十年。——到了晚年，老英雄又一次遇到挑战：有一条看守宝物的火龙发了狂，到处骚扰为害，把贝奥武甫的城堡也焚毁了。这一回，他又带了十几名武士去除害。这真是一场恶战！临了，他的宝剑断了，武士们也都四散逃命。他一个人坚持着，越战越勇，终于把火龙杀死。可他自己也身负重伤，不治而亡。人民怀念他，把他的骨灰跟火龙的宝物一块埋在海滨。他的高大陵墓，成了给海船指引航向的灯塔啦。

这部史诗在民间口头流传了二三百年，到8世纪初才被文人记录下来。史诗半是历史，半是传说，这还是《荷马史诗》的老传统呢。

英雄罗兰，虽死犹生

你问法兰西民族的史诗是哪一部？是《罗兰之歌》。不过它的写定，比《贝奥武甫》还要晚上三四百年。

传说8世纪时，法国的查理大帝远征西班牙。法军转战七年，称得上战无不胜。——可唯独有个信奉伊斯兰教的小国没被征服，那里的国王叫马西里。他见大兵压境，就派使者递了降表，可他心里却另有打算。不过他的计谋，全让查理手下的大将罗兰看穿了。

罗兰的后爹甘尼仑，也是查理朝中的大臣。他力主接受降表，一群大臣也都随声附和。查理大帝一时失了主见，听从了这一派的主张。

可是派谁去受降呢？罗兰提出，让甘尼仑去。这本来是顺理成章的事儿，可甘尼仑一听，却恨死了罗兰！因为他本是个贪生怕死的家伙，深知此去凶多吉少。

结果呢，甘尼仑一到，就被人家重金收买，背叛了祖国！他跟马西里设下圈套，打算乘法军班师回国时，用重兵袭击法军后卫，将罗兰置于死地。

甘尼仑出使回来，花言巧语地骗过查理大帝，又建议班师时让罗兰押后。查理大帝见他把事儿办得挺漂亮，心里高兴，哪有不答应的呢。可临行时，查理还是有点儿不放心，要拨一半兵马给罗兰。罗兰是个心高气傲的人，只要了两万骑兵。

就在前军出发的当口，后面发现了敌情。罗兰怕人笑话，不肯吹号角召唤前军。他率领两万骑兵，向四十万敌军冲杀过去。敌人仿佛是割下的麦子，一片片地倒下去。在一阵天昏地暗的厮杀之后，罗兰身边只剩下六十个战士！直到此刻，罗兰才被迫吹起求援的号角。待查理大帝挥师来救，却为时已晚。

罗兰身负重伤，仍然勇猛拼杀。他砍掉了马西里的一只手臂，杀得敌人望风而逃。——风云失色、玉山崩颓，罗兰面朝着敌人逃走的方向倒下了，头还枕在武器上！

自然，叛徒甘尼仑也不会有什么好下场。尽管满朝文武有几十位亲戚替他开脱，他还是被处以极刑——四马分尸！

罗兰刚正、勇猛、自信，又有那么一股傲劲儿，他成了法兰西人民景仰的民族英雄！

《罗兰之歌》插图

北欧神话巨人篇

日耳曼族也有一部英雄史诗，叫《尼伯龙根之歌》。这篇史诗是根据北欧神话改编创作的。

北欧是指欧洲北部斯堪的纳维亚半岛一带，那里濒临北冰洋，冬长夏短，气候苦寒。不过那里很早就有人类活动的踪迹，也同样有古老的宗教信仰、美丽的神话传说。11世纪末12世纪初，有人将这些神话搜集起来，编成一部神话集《大埃达》。

北欧神话中少不了巨人。有个叫伊密尔的巨人，是从严霜中诞生的，又称"霜巨人"。以后从他的腋下和足底，又生出一群巨人来，组成了邪恶的巨人家族。

与此同时，善神勃利、勃尔父子也从冰山中诞生。两方善恶相向、冰炭难容，一场生死恶战在所难免，打得难解难分。

后来善神勃尔娶了女巨人贝丝特拉，生下奥丁、维利和伟三个儿子，分别象征着精神、意志和神圣。善神一方增添了生力军，最终打败巨人族，巨人头领伊密尔也被杀死。

在此之前，天地间本来空空荡荡，奥丁一伙儿于是开始创世活动：他们把伊密尔的遗体滚落到无底鸿沟的中央，拿他的眉毛当栅栏，隔断了大地与天空。伊密尔的血液、汗水则汇成海洋，他的肉体变成了硬土，骨头形成高山，牙齿便是坚硬的石头，头发变成树木百草。

善神还把伊密尔的天灵盖当成天空，他的脑子便成了飘浮在天上的云。为了防止天灵盖坠落，善神又让四个矮壮的神人站立在大地四角，用肩膀扛起天空。

冰岛史诗《大埃达》插图

你马上就会联想到女娲神话中"断鳌足以立四极"的描写。而伊密尔化身创世的情景，又跟中国"盘古化身"的创世神话多么相似！

中国神话的影响怎么会抵达遥远的北欧呢？有人推测说，5世纪时，匈奴王阿提拉的铁蹄曾踏上欧洲大地，《大埃达》中便有对他的描述。这些东方神话是否在那时被带到西方去的？——不过也有学者说，文化的传播没这么简单，究竟谁影响了谁，还很难说。

此外，《大埃达》中还提到希格尔德降伏毒龙、夺取财宝的传说。那正是日耳曼史诗《尼伯龙根之歌》的情节——希格尔德就是《尼伯龙根之歌》中的尼德兰王子齐格弗里德。

《尼伯龙根之歌》：屠龙王子之死

《尼伯龙根之歌》的作者据考是位奥地利人。德国和奥地利都把这部史诗奉为本民族的文学遗产。全诗将近一万行，分上下两部：上部叫《齐格弗里德之死》，下部叫《克琳姆希尔德的复仇》。

先说说齐格弗里德吧，他是尼德兰国的王子，为人正直勇敢，武艺高强，靠着一把锋利的宝剑和一顶隐身帽，打遍天下无敌手。

《尼伯龙根之歌》插图之一

他曾只身杀死守护尼伯龙根宝物的毒龙，并占有了这批财宝。他还用毒龙的血洗过澡，这么一来，他浑身就像裹了一层鳞甲，刀枪不入。只可惜洗澡时有片树叶落到背上，那地方没能沾到龙血，成了他的致命之处。——你马上就能看出，这还是受《荷马史诗》的影响呢。

齐格王子打听到勃艮第国王巩特尔的妹妹克琳姆希尔德公主生得十分美貌，就带了剑和隐身帽前去求婚。可是在那儿待了一年，他连美人的面儿都没见着。

事有凑巧，巩特尔国王也正打算向冰岛女王布仑希德求婚呢。可这位女王是个女中豪杰、巾帼英雄，扬言谁要跟她成亲，先得打败她才行。巩特尔国王可没这个本事。不过他听说齐格王子是个勇士，就求他帮忙。

机会送上门，当然不容错过。齐格王子立刻扮作家臣模样，随巩特尔王来到冰岛。借着隐身帽的法力，他帮巩特尔战胜了布仑女王，还得到了女王的戒指。这一下，巩特尔没理由不接受齐格王子当"妹夫"啦。

盛大的结婚典礼在巩特尔的王宫里举行，两位新娘同时披上婚纱。可布仑希德王后却有点儿瞧不上克琳姆公主：身为金枝玉叶，怎能下嫁给一个家臣呢！嫉妒和仇恨，在两位女人心中播下了种子。

十年后，齐格王子继位当上尼德兰国王。他接受大舅哥巩特尔的邀请，带着妻子前去会亲。两位王后见了面，各自夸说自己的丈夫；接着又为进教堂谁先谁后的小事儿，恶言恶语吵翻了。

布仑希德王后还得知，自己的戒指竟落在齐格王子手中，更是气不打一处来。她收买了朝臣哈根，要向小姑子报仇。

哈根于是向克琳姆公主假献殷勤，从她嘴里套出齐格王子致命的秘密。在一次行围射猎时，哈根趁王子俯身泉边喝水时，一枪刺中他的致命处，王子倒在了花丛中！

这还不算，哈根还把尼伯龙根宝物沉到莱茵河底，并夺得尼伯龙的名号。兄妹之邦从此结下血海深仇。

匈奴王庭的血光

以上是史诗的头一部分。史诗的第二部分，专写克琳姆公主报仇的事儿。

十三年后，寡居的克琳姆公主抱着复仇的愿望，再嫁匈奴王埃采尔。又过了十三年，她怂恿匈奴王邀请她的亲人前来赴宴，还关照使者：无论如何要把哈根请来。

哈根明知这杯酒不好喝，可没办法，只好硬着头皮，点起一万武士，跟着巩特尔王前来赴"鸿门宴"。

匈奴王此时还蒙在鼓里呢。他奇怪，怎么客人上了筵席，还是刀不离手、甲不下身呢？哈根只好敷衍说：这是我们的习俗，庆典之际，要武装三天。

筵席一开，双方勇士先是比武取乐，渐渐地凶相毕露，演变成残酷的屠杀！血水掺着酒水流成了河，匈奴王也没能幸免。杀到后来，客人当中就只剩下巩特尔王和哈根啦。

克琳姆公主逼哈根交出尼伯龙根宝物来，并狠心杀死哥哥巩特尔，用来恐吓哈根。哈根也算条硬汉，他大骂克琳姆公主是"妖妇"，结果被一剑刺死。

匈奴老将希尔代勃朗目睹这么多英雄好汉死在眼前，觉着再也不能袖手旁观啦，于是上前杀死了克琳姆公主。这场惨绝人寰的民族大悲剧，就在一派血光中落了幕！

根据史料记载，勃艮第国王巩特尔和他的氏族确实是被匈

《尼伯龙根之歌》插图之二

奴人消灭的。还有个说法，说是5世纪席卷亚欧、被欧洲人称为"上帝鞭子"的匈奴王阿提拉，确曾娶过一位日耳曼姑娘做妻子，并在新婚之夜被妻子杀死。——看来，《尼伯龙根之歌》并非毫无根据呢。

这部史诗还成为后世文艺作品的素材库。19世纪德国大音乐家瓦格纳就曾据此谱写了著名歌剧《尼伯龙根的指环》；近年问世的电影大片《指环王》，也是由此演绎而来的呢。

英雄救美说骑士

西班牙有没有类似的英雄史诗呢？也有，就是有名的《熙德之歌》。史诗的主人公叫罗德里克。他一生跟摩尔侵略者作战，人们尊称他为"熙德"——在阿拉伯语里，意为"主人"或"君

熙德雕像

王"。后来有个法国人高乃依写了剧本《熙德》，也是以此为题材，不过那已是17世纪的事了。

欧洲各民族的英雄史诗里，另有一部俄罗斯的《伊戈尔远征记》。诗中写罗斯王公伊戈尔远征突厥的故事。战事虽然以远征失败告终，但诗人还是歌颂了主人公的爱国热情和英雄气概。

《伊戈尔远征记》写于12世纪末，跟《尼伯龙根之歌》的写定年代差不多。在东方的中国，那正是陆游、辛弃疾的时代。在波斯，创作《玫瑰园》的诗人萨迪就要出世了。日本呢，《源氏物语》已经问世近二百年啦。

除了这类史诗，中世纪时还盛行过一阵子"骑士文学"，那差不多是在十二三世纪，英雄史诗的风头已不那么强劲。

谈骑士文学，就不能不说说骑士——那本来是中世纪欧洲封建领主手下的一班武士，在战场上立了功，地位渐渐提高，形成一个面貌独特的阶层。到后来，连国王和贵族也以当一名骑士为荣了。

典型的骑士，必得骑着高头大马，挎着剑，持矛带盾的，一副盔甲从头裹到脚，身后还得跟着个仆人。骑士的信条是忠君、护教、行侠。他们很注

戴头盔的骑士

重仪表风度，把荣誉看得比性命还重。为了心上人——往往是贵妇人，他们甘愿赴汤蹈火。

开头，这些人还只是舞枪弄剑的，后来居然也附庸风雅，作起诗来。他们的诗多半是写骑士与贵妇人的爱情。法国普罗旺斯那地方骑士诗歌最盛行，有一首《破晓歌》，就是法国骑士诗人的杰作。

骑士文学中还有一些传奇故事，无非是夸耀骑士们如何行侠仗义、抑强扶弱，后来渐渐发展成"英雄救美"的俗套。——往后咱们还要说到西班牙的长篇小说《堂吉诃德》，便是小说家塞万提斯为讽刺这类骑士而作的。

法兰西也有"狐狸精"

沛沛插嘴说："常听人说的'骑士风度''骑士精神'，是不是打这儿来的呢？"

"一点儿不错。西方文化中'女士优先'等风尚，就是骑士风度的遗俗。只是作为文学作品，这类题材过于单调，生命力也就有限。不过那时也有受欢迎的作品，就是学者所说的'市民文学'。

"欧洲自10世纪开始，陆续建起不少城市，街头说唱艺人也应运而生。他们就地取材，绘声绘色地演说市民生活故事，还不时在作品里讥刺一下贵族、教会和骑士，引来现场听众的哄笑。

"到了14世纪，还是在法国，产生了一部市民文学的杰作——《列那狐的故事》：它借一只机灵百怪的狐狸，展示了那个时代的社会风貌。

"'列那'是这只狐狸的名字，它诡计多端，欺软凌弱，干了不少坏事，可也欺骗过狮子，

《列那狐的故事》插图

整治过恶狼，对强者并不顺从。

"一年冬天，天寒地冻，列那实在饿得受不了，跑到外面去觅食。它见路上驶来一辆鱼车，便躺在路上装死。鱼贩子见了，停车把这只'死狐狸'扔到车斗里，还寻思捡了个大便宜呢。列那在车上可是开了鱼荤，末了还把鱼串成项链绕在脖子上，然后跳车逃走了。

"有只老狼叫伊桑格兰，列那一向喊它'舅舅'。这天它路过列那家，闻到鱼香，不禁流出口水，堵着门求列那放它进去。列那说：我的屋子已经改成寺院啦，你要进来，得先剃发受戒才行。老狼吃鱼心切，就迫不及待地把脑袋伸进去等着剃发。哪知列那兜头一壶开水，把'舅舅'烫得焦头烂额！

"列那还教老狼拿尾巴当钓竿，伸进冰窟窿里去钓鱼。结果鱼没钓着，尾巴却冻在冰面上。闻声赶来的人们把老狼结结实实揍了一顿。

"另一回，列那趁狮子睡着了，把它拴在树上。狮子醒后大声呼救，列那又假装赶来救它。这一来，狮子反而把它认作大恩人，执意要封它做大元帅呢！

"列那狐的传说本来流传于民间，十二三世纪时，有位法国女作家季诺夫人把这些传说收集起来，写成这部《列那狐的故事》，这还是受《伊索寓言》的影响呢。在书中，中世纪教会文学、英雄史诗、骑士文学的沉重、神秘和故作高雅都不见了，有的只是市民阶层的机智、狡狯、蔑视权威，还有点儿唯利是图。

"读着这些生动活泼的文字，你会想：中世纪教会势力的思想统治，还能维持多久？"

第 7 天

吟唱《神曲》的大诗人但丁

意大利·13—14世纪

意大利的"屈原"：但丁

"今天说说意大利。13世纪中叶，意大利出了一位大诗人，没有他，中世纪的欧洲文坛，真可以说是一片昏暗——知道他是谁吗？"爷爷往烟斗里装着烟丝，微笑地看着这小哥儿俩。源源和沛沛你看看我，我瞧瞧你，都摇摇头。

"他的名字叫但丁。"爷爷深深吸了一口烟，接着说，"但丁（1265—1321）出生在佛罗伦萨一个小贵族之家。他生活的年代，意大利分裂成许多小城邦，佛罗伦萨是其中较大的一个。城邦中有两个党派，一个叫圭尔弗党，代表着市民的利益；另一个叫吉伯林党，代表着旧贵族的势力。两党针尖儿对麦芒，

但丁

互不相让。但丁家虽然是贵族，却赞成圭尔弗党的主张。

"但丁从小死了娘，不到二十岁又死了爹。家里没给他留下什么遗产，爹娘倒是给了他一个好学深思的脑瓜儿。

"在学校里，他学习刻苦。拉丁文、逻辑学、修辞学，乃至演讲和写作，他都受过名师指点，成绩优异。更多的知识是他从课堂外自学得来的，他阅读了大量诗歌和哲学著作，年纪轻轻的，已是远近闻名的学者啦。

"从三十岁起，他又对政治产生了浓厚兴趣。他参与圭尔弗党的活动，凭着声望和能力，三十五岁那年还当上了佛罗伦萨的行政官。

"意大利老早就有政、教争权的病根儿，罗马教廷总想插手世俗的政府事务。但丁对此非常不满，常常故意跟教皇顶牛，惹得教皇很不高兴。

"有一回他受党内委托，到罗马去跟教廷谈判。党内的另一派乘机夺了权，但丁受到缺席审判。从此他流亡国外，再也没能回到可爱的故乡佛罗伦萨。

"流亡的生活实在艰辛，有时候，他眼看就要上街乞讨啦。可是但丁不肯低头，他觉着自己为了维护共和国的利益而遭到放逐，是件光荣的事儿。——他的遭遇，是不是有点儿像咱们中国古代的大诗人屈原？

"意大利北部有座古城叫拉文那，那儿的君主仰慕但丁的大名，亲自带了厚礼请他到那里定居。以后但丁便在那儿生活、写作，直到去世。他的著名长诗《神曲》，也是在拉文那写成的。"

暗恋女友成诗神

《神曲》原名叫《喜剧》，后人推崇这部大作，在前面加上"神圣"一词；中文译者把它翻译成"神曲"，倒也得其神韵。

《神曲》是一部长篇叙事诗，全诗共一万四千二百三十三行，由"地狱""炼狱"和"天堂"三部分组成，三部分的长短几乎相等。每部分又都由三十三支歌组成，加上序曲，总共一百支歌。《神曲》不但篇幅宏大，结构也那么匀称，称得上是匠心安排啦。

从三部分的标题即可猜出，这是部宗教题材的作品。诗人写自己梦游宇宙三界，显然都出自想象。不过诗中不少人物，却是实有其人。

就拿诗中两位向导来说吧，那位维吉尔，是古罗马的大诗人。你们一定还记得那部文人史诗《埃涅阿斯纪》，就出自他的笔下。但丁对这位老前辈佩服得五体投地，因而在诗中把他写成自己的老师和引路人。至于那位引导他游历天堂的仙女贝阿特丽采，其实就是但丁少年时的梦中情人。

据说但丁九岁时，随父母到人家做客，初次见到这位姑娘。那时她才八

佛罗伦萨圣十字教堂前的但丁立像

岁，可在但丁的眼里，她简直就是天使！从那天起，但丁无论如何，也没法子把她从心中抹去。

九年以后，他俩再度相逢，姑娘倒没觉得怎样，但丁却像让闪电击中似的，话都说不出来啦！——可惜他只管在心里偷偷地热恋着，却从来没向姑娘表白过一句。他写了那么多热情洋溢的诗赞美她，她却一点儿都不知道。

后来贝阿特丽采嫁了人，不久就死去了。但丁的悲痛自不用说，他把为她写过的诗用散文连缀起来，辑成一本诗集，取名叫《新生》。在书的结尾，诗人说自己现在还不配讲到她，将来，他还要好好地写！

这么看起来，贝阿特丽采出现在《神曲》里，并不是偶然的。从某种意义上讲，这位曾被诗人暗恋的女友，便是引导诗人创作《神曲》的诗神啊。

《神曲》：地狱九重，鞭挞罪恶

还是说说《神曲》的内容吧。

诗人三十五岁的时候，在一片黑暗的大森林里迷了路。他正想向一座山峰攀登，突然跳出三头野兽：母狼、狮子和豹子！它们各有象征，分别代表着贪欲、野心和逸乐。在这千钧一发的当口，维吉尔出现了，他是受贝阿特丽采的委托，来救诗人脱险的。

靠了维吉尔的指引和陪伴，但丁躲过三只野兽，来到了地狱的门口。地狱共分九层，形状像个漏斗，越往下就越窄。罪人的灵魂就依照罪孽的不同，分别在不同的层圈里挨罚受罪。

《神曲》插图：地狱里徒手推石头上山的罪人

地狱的头一层情况还好。这儿是"候判所"，那些在基督之前出生的异教徒们，像荷马、贺拉斯、苏格拉底等，都在这儿等待着上帝的审判。

在以下各层遭罚受罪的囚徒们，分别犯有贪色、贪吃、贪财、愤怒、信奉异教、强暴、欺诈、背叛等罪行。

如第二层中一片黑暗，阴风怒号，无数幽灵被吹得东飘西荡、跌跌撞撞。有的撞在断崖绝壁上，发出痛苦的哀号！这里受惩罚的，是那些屈从肉欲、忘记了理性的人——在教会看来，这是不可饶恕的罪行。

在地狱的第三层，一些生前贪吃的灵魂，被雨雪冰雹打得辗转反侧。长着三只狗头的怪物抓住那些灵魂，把他们撕得粉碎！

第四层则专门拘禁贪吝者和浪费者，他们怀抱重物你冲我撞，永远别想停下来歇一会儿。在这些贪鄙的家伙里，有俗人也有教士，甚至还有主教和教皇！

第五层是一口开了锅的水池，沸水漆黑如墨。这里住着愤怒者的灵魂，他们赤身露体地泡在沸水里，相互拼打撕咬，一个个皮开肉绽。

第六层则是一片坟墓，一些邪教的头头儿以及门徒都在棺材里受烈火焚烧——但丁的政敌也在这儿遭受火刑呢。

再往下去到了第七层,这儿又分成三环:暴君、暴徒在冒着泡的血水沟里受着熬煎;缺乏信仰而自杀的人,变成了多瘤多疤、枝断血流的老树;放高利贷者以及暴发户,在火雨和热沙中受灼烤,其中有不少还是佛罗伦萨的贵族呢。

第八层又叫恶沟,一环套一环的,共有十条沟,沟上有桥相连。那些心怀欺诈的、诱奸少女的、逢迎拍马的、买卖圣职的、占卜算命的、贪得无厌的,还有伪君子、小偷、阴谋家、流言家、挑拨是非者和造伪者,全在各条沟里受着形形色色的惩罚。

希腊英雄奥德修斯也在其中,因为他使用木马计,犯了助人为恶的罪过。两位教皇也头朝下、脚朝天地倒栽在石缝里,两脚被烧得乱抖。——谁让他们曾把善良踩在脚下、把凶恶捧在头上呢?

第九层是地狱的最底部,也最黑暗。这里是一片冰湖,湖中

《神曲》插图:恶人在地狱里受罪

冻着叛国卖主和谋杀暗算的罪人。湖中心是反叛的天使恶魔撒旦，他有三张面孔，长着蝙蝠般的肉翅。他的三张嘴里叼着三个人，一个是出卖耶稣基督的叛徒犹大，另两个是布鲁图和卡西奥——他们合伙谋杀了罗马帝国的凯撒大帝。

从炼狱到天堂

顺着撒旦的翅膀，但丁和维吉尔来到地球中心，那儿有一条隧道，一直通往炼狱。

炼狱又叫净界山，它浮在南半球的海中，形状像是七重金字塔，越往上就越小。这儿也有许多有罪的灵魂，只是他们的罪行都比较轻，经过忏悔，会得到上帝的宽恕。

诗人把暗恋女友写入《神曲》

天使出现了，在但丁额上用剑划了七个"P"字，那代表着骄、怒、妒、惰、贪财、贪食、贪色七宗罪。这以后，但丁每登高一层，心灵就净化一点儿，字母也便随着消失一个。最后，维吉尔完成了引导的使命，向但丁告别。但丁独自一人向山顶的人间乐园走去。

突然，诗人在一片花

雨中，看见了自己的心上人——贝阿特丽采，她就在小溪的对岸站着呢！诗人激动万分，几乎晕倒。当他清醒过来，发现自己已浸在溪水中，忘记了过去的罪恶。就这样，但丁跟着贝阿特丽采，朝天堂走去。

天堂也有九重，那儿庄严而又辉煌，充满欢乐与爱。他们依次拜访了月天、水星天、金星天、太阳天、火星天、木星天、土星天、恒星天、水晶天，最终来到至高天。

在那里，诗人眼看着空中的星星一颗颗关闭，只剩下最明亮的一颗。一切升入天堂的人们都身披洁白的衣衫，排列在一个极大的圆形剧场里，座位的形状就像是玫瑰花，每个灵魂犹如一枚花瓣……

诗人在那儿领悟了圣父、圣母、圣灵三位一体的奥秘。此刻，如电光一闪，冰雪消融。幻象消失了，诗人的梦醒了，全诗也便结束了。

身后身前，荣辱分明

《神曲》想象丰富，结构宏伟，主题不那么容易把握。有人分析说，《神曲》充满着象征意义，象征着黑暗的现实和光明的未来。

就说地狱吧，那是影射现实世界的。里面的幽灵，也都是根据现实人物描画的。像野心勃勃的教皇、专横残暴的国君、高傲自大的狂人……

那里也不全是坏人，像第二层中的弗兰齐丝嘉，她奉爹娘之

《神曲》插图：天堂

命嫁给贵族贾乔托，可是却爱上了小叔子保罗。这一对年轻人常常在一起读"圆桌骑士"故事，彼此心心相印，难分难舍。后来贾乔托得知隐情，竟将他俩残忍地杀死，一对灵魂双双堕入地狱。在教会看来，他们是有罪的；可诗中的主人公听了他们的悲惨故事，竟难过得晕死过去。——你瞧，地狱跟现世有什么两样？

天堂呢，则象征着理想境界，诗人把那里描绘得那么灿烂辉煌。至于炼狱，那是从现实通往理想之境的必由之路。人们必须经过这艰苦的历程，才能由迷惘与罪恶登上真理与至善至美的殿堂。——这一切，大概就是诗人要表达的主旨吧。

但丁的一生历尽艰辛与坎坷，可是他的一颗爱心却始终不曾泯灭。他对贝阿特丽采爱得多么深沉，多么执着。他也有足够的爱，去爱他的故乡、他的祖国。有人说，他本来想把《神曲》写成一首赞颂爱情的诗篇，然而却不由自主地写成了政治诗。在他心目中，祖国和爱人同样成为他"上下而求索"的美的偶像啦！

但丁在诗中对人间的丑类做了无情的鞭挞，这也为他招来政敌的诅咒与诽谤。但丁有些驼背，皮肤微黑，头发和胡须是卷曲的。政敌便攻击他，说他的头发是给地狱的劫火烧卷的！

可是更多的人热爱他，崇敬他。他死的时候，送葬的人跟潮水似的。他被葬在了列文那，佛罗伦萨人却多次要求归还他的骨灰。当年他活着的时候，被赶出了家乡；如今他死了，却成了家乡人的骄傲。历史跟佛罗伦萨开了个多么大的玩笑啊。

彼特拉克：让杯中斟满爱情

沛沛问爷爷："但丁应该算意大利最伟大的文学家吧？"

爷爷说："他不但是意大利，也是欧洲中世纪最伟大的文学家。他的伟大之处在于，他站在新旧时代之间，送走了中世纪那地狱般的黑暗，迎来了新时代天堂般的光明。这个新时代，就是欧洲文艺复兴时代，明天咱们还要谈到它。

"佛罗伦萨是个出诗人的地方，在但丁之后，有位诗人彼特拉克（1304—1374），也应当提到。说起来，他跟但丁还有点儿关系呢。他爹爹是佛罗伦萨的一位名律师，曾跟但丁一同被流放。彼特拉克算是但丁的子侄辈了。但丁死时，他只有十七岁。

"彼特拉克自小跟爹爹流亡法国，在盛行骑士诗歌的普罗旺斯那地方住了好多年。日后

彼特拉克

他的诗歌，就多少受了骑士诗歌的影响。他有一部抒情诗集，叫《歌集》；那里面收了三百多首诗，差不多全是诗人写给自己的意中人劳拉的，就像但丁写诗赞美贝阿特丽采一样。

"那是彼特拉克二十三岁时的事。在法国一座教堂里，他见到一位骑士的妻子，名叫劳拉。诗人对她一见倾心，爱得如痴如狂，写诗就成了他抒泄感情的唯一形式。

"他写了那么多诗，把劳拉描画得跟天使似的：她有闪亮的眼睛，金色的卷发，柔软丰腴的臂腕，甜蜜的微笑，连沉思时也显得那么恬静……二十年后，劳拉染病去世。诗人伤心极了，他觉得生活中再也没有了光明，只剩一片黑暗！

"别忘了，彼特拉克写这首诗的时候，整个欧洲还笼罩在中世纪教会统治的阴影里呢。教会认为，人来世上，就是要吃苦赎罪，以求死后超升的，根本不应有什么现世的欲望。——彼特拉克却大胆歌唱现实的幸福，举起了斟满爱情美酒的杯子。因而他这部《歌集》的意义，也就远远超出了歌颂个人爱情的范畴。

"彼特拉克还完善了十四行诗这种诗歌样式。后来的欧洲诗人们，全都喜欢这种调子轻快、适于抒情的诗体，而彼特拉克也被人尊为西方诗坛上的'诗圣'。

"彼特拉克还有一件大功劳呢：他特别喜欢古希腊和古罗马的文学作品，搜集了大批古籍抄本，认真研读；并且用一种独特的观点——人文主义观点来阐释。这一切对意大利以及整个欧洲的文艺复兴运动，都产生了巨大影响。

"至于什么是'人文主义'，咱们明天再说。"

第 8 天

风靡欧洲的
《十日谈》

意大利、法国·
14—16世纪

扯起"文艺复兴"的大旗

"照字面上理解，'文艺复兴'就是重拾希腊、罗马的古代文化艺术。"爷爷接着昨天的话题说，"那是在14世纪末，位于土耳其半岛的东罗马帝国受到伊斯兰军队的攻击，大批学者抱着古希腊的艺术珍品，背着用拉丁文抄写的羊皮卷，逃难到了意大利。

"意大利这地方本来是古罗马的文化中心，有不少文物在这儿出土。意大利人忽然发现：古希腊、古罗马的文化艺术竟是如此完美、丰富，比起中世纪的文化可是厉害多啦！顿时，学者们掀起一股学习研究希腊罗马古文化的热潮。文艺复兴运动也就由这儿开始啦。"

"您说'照字面上理解'，是不是还有更深一层的意思呢？"源源问。

"问得好！其实文艺复兴的背景，是新兴的资产阶级跟封建势力'掰腕子'呢！这一方要自由要发展，可贵族和教会那边却死死限制着人们的一言一行。于是新兴力量就打出'复古'大旗来：你不是坚持你那老章程吗？可我这个'章程'比你的还要老

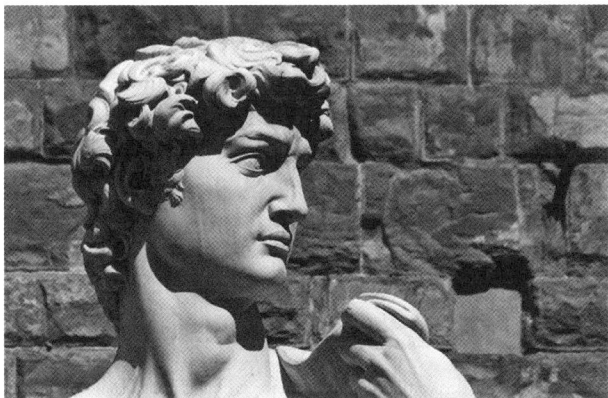

《大卫》雕像是文艺复兴运动的艺术代表作之一

得多！——很显然，这是拿古代文化当幌子，借此创建自己的新文化体系呢！

"昨天咱们还说到'人文主义'，就是强调人是宇宙的中心，歌颂人的价值、人的尊严，反对禁欲主义，提倡个性解放。这都是跟教会那套'以神为本'的说法唱对台戏呢。古希腊的雅典文化，就是倡导民主、看重人的价值啊。

"提到文艺复兴，人们大多会想到意大利画坛'三杰'：达·芬奇用《蒙娜丽莎》的永恒微笑征服了世人。米开朗琪罗的著名雕像《大卫》，把人的尊严和力量表现得多完美！拉斐尔笔下的圣母，丝毫没有冷冰冰的'神'气，完全是一副人间慈母的模样。

"其实意大利的文坛上也有'三杰'，其中但丁和彼特拉克，咱们昨天已经介绍过了。今天要说的，是彼特拉克的好朋友薄伽丘，他就是那部风靡欧洲的短篇小说集《十日谈》的作者。"

薄伽丘《十日谈》：为躲瘟疫讲故事

薄伽丘（1313—1375）的父亲是佛罗伦萨的富商，母亲却是个法国姑娘。薄伽丘是个私生子，出生在法国巴黎。

薄伽丘自幼喜欢文学，小小年纪，总爱编几句顺口溜什么的，人称"小诗人"。可他爹一心想让儿子继承父业，于是送他去学做生意。父命难违，薄伽丘只得去那不勒斯经营买卖，后来又一度改学法律。但十二年后，他依然回到文学这条道儿上来。

有一段时间，薄伽丘爱上了那不勒斯王的女儿玛丽娅。他爱得那么深沉，写了无数诗歌、小说，献给这位青年时代的恋人。——这一点，跟但丁、彼特拉克的经历很相像！

薄伽丘

以后薄伽丘的爹爹经商破了产，薄伽丘只好回家帮爹料理家务。不久他又返回那不勒斯，那会儿正是一位女王执政。一有空儿，女王就把薄伽丘召到身边给她讲故事，前后六七年中，讲过的故事何止百篇。有人说，《十日谈》就是这么"谈"出来的。

就说说这部《十日谈》吧。

1348年，意大利发生了一场可怕的瘟疫。美丽繁荣的佛罗伦萨遭了大劫，一时间十室九空、丧钟长鸣！这当口，有三个小伙子、七个姑娘，相约逃到一所乡间别墅躲避瘟疫。

长日无聊，怎么打发光阴呢？大伙儿一合计，决定讲故事解闷。十个人，每人每天讲一个，前后十天，加起来就是一百个故事。——《十日谈》这个名字，就是这么来的。这种框式结构，其实还是受《一千零一夜》的启发呢。

《十日谈》插图之一

这些故事的主人公五花八门，不再仅仅是国王、贵族、英雄和骑士，众多市井俗人：商人啦，农民啦，手艺匠啦，乃至艺术家、学者、诗人、僧侣、高利贷者……也都成了故事里的主角。尽管不少故事的题材来自历史逸闻、中古传说和东方故事，可反映的却全是14世纪意大利的社会现实。

杨诺劝教，结局奇妙

薄伽丘对教会的揭露和讽刺尤为辛辣，有这么两个故事，可以看作这类题材的代表。

在第一天的讲述中，有个"杨诺劝教"的故事最具讽刺性。

《十日谈》插图之二

巴黎商人杨诺是个虔诚的基督教徒，他有个好朋友亚伯拉罕，却是个不信天主教的犹太人。杨诺替朋友着急，生怕他死后要堕地狱，就苦口婆心地劝他信教。亚伯拉罕觉着盛情难却，就答应先到罗马教廷去看看，如果天主教真像朋友说得这么好，再信不迟。

亚伯拉罕在教廷看见了什么呢？他看见那些神职人员——什么教士呀，主教呀，甚至教皇本人，都是些贪杯好色的家伙：不是买卖人口，就是拿圣职做交易，连基督徒的血肉也敢当商品出卖。回到巴黎，亚伯拉罕谈起对罗马的印象，说那里哪儿是什么"神圣的京城"，简直就是藏污纳垢的罪恶渊薮！

杨诺一想，这回可别指望说服亚伯拉罕了。可没想到亚伯拉罕话头一转，说：这一切足以证明，天主教是天底下最正大、最神圣的宗教啦！你看，这些"上帝的仆人们"干了那么多坏事来破坏它的威信，它不但没垮台，反而日渐发扬光大；它的背后，肯定有伟大的神灵保佑着！就凭这个，我也要改信天主教，现在就到教堂给我行洗礼吧！——你们瞧，这里的讽刺是多么辛辣、大胆，又是多么巧妙！

羽毛木炭，总是有理

第六天第十个故事，讲的是一个修道士欺骗信徒的事。有个能说会道的修道士，每年都到一座小镇上去捞施舍、骗钱财。这一回他对信徒们说：我从海外圣地带回来两根羽毛，这可是天使向圣母玛丽亚报喜讯时掉在玛丽亚卧室里的。——其实他的宝贝盒子里装的，只是两根鹦鹉尾巴上的羽毛。

有两个年轻人专爱捣蛋，趁修道士不在，拿一块儿木炭换掉了盒子里的羽毛。只等着修道士回来，好看他当众出丑。

修道士才不怕呢。他见盒子里的羽毛变成了木炭，马上面不改色地编出一套瞎话来，说自己身边有两件圣物，分别装在两个盒子里；本想把装羽毛的那个带来，结果竟拿了装木炭的这个，这难道不是天主的意旨吗？

那么这块木炭又是什么宝贝呢？修道士说，它是当年一位殉道的圣者遭受火刑时烧过的木炭。拿它在农夫农妇的衬衫上、面纱上画个十字，保证一年内不会遭火

《十日谈》插图之三

灾！——就这么着，这个修道士骗去的施舍，比往年还要多得多。

你们觉得可笑是不是？《十日谈》的读者也正是在开心一笑中，看穿了教士们的骗术。这比正颜厉色地指斥和揭露，效果还要强十倍哩。

院长的"帽子"与城里的"绿鹅"

歌颂真挚纯洁的爱情，也是《十日谈》中的重要题材。青年男女不顾礼教的约束偷偷相爱的故事，在书中不止一个，可他们总也逃不脱被砍头或挖心的厄运！读者从中可以看到禁欲主义的野蛮和残酷。

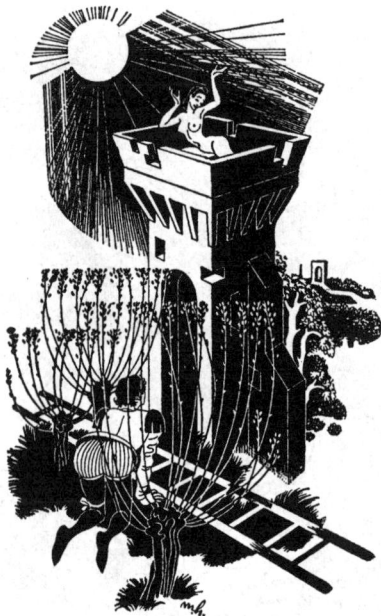

《十日谈》插图之四

而那些礼教的代言人又是些什么货色呢？有这么个故事，把他们的把戏揭了个底儿掉。

伊莎贝拉是个出身高贵、模样标致的修女。她偷偷爱上个小伙子，两人不时在修道院里私下幽会。——这在以圣洁出名的伦巴第修道院，可是件大逆不道的事。隐情一被发现，伊莎贝拉立刻被押到大厅上，等候院长发落。

女院长匆匆赶来，当众痛斥伊莎贝拉淫乱无耻、败坏了修道院的名声，说是严惩不贷、绝不姑息！伊莎贝拉自知犯了清规，还有什么可说的呢，只有低着头受训罢了。

可是偶然间，她抬头瞟了院长一眼：怎么回事？院长的帽子两边，竟垂着两根吊袜带！等她明白过来，便理直气壮地说：天主保佑，请院长还是系好你的头巾再跟我讲话吧。

女院长往头上一摸，马上就明白了：原来在此之前，她正跟一个男教士睡觉，起得匆忙，错把教士的短裤当成头巾啦。

不过，院长不愧为一院之长，她马上改换面容，声调温和地对大家说：硬要一个人压制感情的冲动，真是太难啦；今后只要大家严守秘密，正不妨自寻欢乐呢。

禁欲主义违背了人性，因而也就十分脆弱。第四天的一个故事，写一位名叫腓力的男子，唯恐儿子受世俗邪念的诱惑，从小就把他关在深山茅屋里，不让他见任何人。

十几年后，腓力带儿子进城，那里的宫殿、宅邸、教堂、车马，都让儿子感到新鲜。迎面来了一队姑娘，腓力生怕儿子受异性诱惑，忙叫他低头闭眼，说那只是一群"祸水"！儿子一个劲儿刨根问底，腓力只好胡编一个名儿，说她们叫"绿鹅"。结果，临回家时，儿子什么都不要，只要求：爸，让我带一只"绿鹅"回家吧！——老腓力明白了：自然的力量，远比十几年的训诫防范要有力得多！

在另一个故事里，作者告诉人们，爱情不但不是邪恶的，反而是最奇妙的东西。有个后生，长得倒是身强体壮，可智力低下，几乎是白痴，言行粗鲁，像头野兽！无论爹爹的鞭子、老师的训导，还是亲人的劝诱，都不能让他开窍。可是自从见到一位美丽的少女，他整个人都变了，智慧和才能从潜藏的内心涌出来，一下子成了才华出众、风度翩翩的美男子啦。

高贵低贱，凭啥区分

中世纪的意大利社会，等级森严，最讲门第。——当时的世界上，还没有哪个国家不是这样呢。

且说有位王爷，膝下无儿，只有个独生女，自然爱如掌上明珠。女儿长大出嫁，嫁给公爵的儿子，倒也门当户对。可不久女婿患病身亡，年轻的"郡主"（国王的女儿称"公主"，王爷的女儿称"郡主"）只好重回父王身旁。生活依旧是锦衣玉食，可她内心的苦闷却是可想而知的。

王爷府里有个听差的叫纪斯卡多，从小是个孤儿，被王爷收留做了听差，长大后却是一表人才，人也正直高尚。郡主暗暗喜欢上这小伙儿，小伙儿也爱上了郡主。

可哪里有不透风的墙呢，王爷得知此事，立即把小伙儿抓起来，又去责备郡主。郡主不但毫无愧色，反而明确表达：我就是爱他，那又怎样？

为了让女儿死心，王爷残忍地将小伙儿杀害了，还把小伙儿的心装在金杯里送到郡主面前。郡主痛哭了一场，在杯子里倒上毒酒，一饮而尽。等王爷闻讯赶来，还来得及听到女儿的遗嘱：死后要跟纪斯卡多葬在一起。

郡主反驳父亲的指责时，说过这样一席话：

我们人类向来是天生一律平等的，只有品德才是区分人类的标准。那发挥大才大德的，才当得起一个"贵"，否则就只能算是"贱"！这条最基本的法律，虽然被世俗的谬见所掩蔽了，可并不是就此给抹杀掉，它还是在人们的天性和举止中间显露出来。所以，凡是有品德的人，就证明了自己的高贵。如果这样说的人被人说是卑贱，那么这不是他的错，而是这样看待他的人的错！

这几句话，真可谓振聋发聩！它所宣示的真理，至今还有人不能接受呢。——这也足以证明薄伽丘的伟大！

巧拿戒指打比方

《十日谈》里还有个"三只戒指"的故事，表达了薄伽丘不同凡响的民主思想。故事说的是开罗的苏丹急需一笔款子，以填补国库的空虚。他想到了亚历山大的一位犹太富商麦启士德。可是平白无故的，怎么开口找人家要钱呢？灵机一动，他想出一个点子来。

麦启士德被当作贵宾请了来。苏丹问他：听说您博学多识，请问在犹太教、伊斯兰教和基督教三家中，哪一家是正宗呀？

麦启士德明白，这是苏丹给他"下套"呢：贬低哪一家，也免不了被他抓住把柄。他想了想说：还是让我先讲个故事吧。

一位老者有三个儿子，个个都孝顺。老者家中有一只珍贵

《十日谈》插图之五

的传家戒指，谁得了它，就具有族长的权威。可是给哪个儿子好呢？他拿不定主意。后来他请来一位手艺高超的匠人，照着样儿又打了两只。三只戒指放在一块儿，就连匠人自己也分不出真假来。老人死后，每个儿子都得到一只戒指，可是要讲清楚谁是正牌嫡传，可就太难啦。

富商的意思是：三种宗教也是一样，大家全都认为自己是天父的正宗继承人，但要弄明白这个问题，就跟弄清戒指的真假一样困难。——薄伽丘在这里向人们宣传了一种宗教宽容精神，正是这种精神，开启了后世的民主风气。

与《神曲》并肩的"人曲"

当然，教会可把薄伽丘恨透了。《十日谈》还没写完，教会就向他施压。薄伽丘死后，教会刨了他的坟，砸了他的碑。直到百年后，天主教会还在佛罗伦萨的广场上焚烧《十日谈》呢！薄伽丘死后二百年，由教皇指定，出版了《十日谈》的删节本，书中许多干坏事的教士，身份都给改成俗人啦。

可是有识之士却给了这部书极高评价，认为它比但丁的《神曲》更进了一步。——《神曲》还是以神为中心，《十日谈》却是以人为中心。难怪有人把《十日谈》称作与《神曲》并立的"人曲"呢。还有人说，欧洲文艺复兴的大幕，就是由薄伽丘的《十日谈》拉开的。

《十日谈》一出版，立刻风行欧洲。以后在英国产生了乔叟的《坎特伯雷故事集》，在法国出现了纳瓦尔的《七日谈》，就全是拿《十日谈》做样板儿。

薄伽丘的《十日谈》还开创了短篇小说的新样式。其实欧洲的头一部长篇小说，也是薄伽丘创作的，书名是《菲洛哥洛》，是爱情题材。不过要论成就之高、篇幅之长，欧洲的早期长篇小说，还得首推法国拉伯雷的《巨人传》。

《巨人传》：巨人时代的巨著

"法国跟意大利毗邻，只隔着一道阿尔卑斯山。兴起于意大利的文艺复兴运动，自然也影响到法国。"爷爷看天色还早，就又接着说道，"就在薄伽丘去世后一个多世纪，法国也诞生了一位文学天才，就是拉伯雷（约1493—1553）。他出生在一个阔律师的家庭，从小受到很好的教育，常年在修道院苦读，什么法律、数学、几何、天文、地理、植物、考古、音乐、哲学、教育、神学、医学……没有他不懂的。后来他又偷着阅读古希腊的典籍，跟人文主义者来往密切。因为这个，他还被关过禁闭呢。

《巨人传》插图

"以后拉伯雷到里昂去挂牌行医，由于医术高明，还当上巴黎主教的私人医生。他的长篇讽刺小说《巨人传》，就是在行医的间隙里写成的。

"《巨人传》称得上一部奇书。书中主人公卡冈都亚以及他的儿子庞大固埃，全都是身高体壮的巨人。就说卡冈都亚吧，他是国王的儿子，从娘的耳朵眼儿里生出来的。他一顿要喝一万七千头奶牛的奶！缝件衣服，要用好几千尺布。他曾跑到巴黎圣母院的钟楼上撒了泡尿，登时冲走了二十六万围观者！他还把钟楼的大钟摘下来当马铃铛，那可足足有一万两千公斤哩。

"卡冈都亚本来挺聪明，可从小受的是中世纪经院式的教育，结果越学越笨，变得呆头呆脑，话也说不清了。以后他被送到巴黎接受人文主义教育，他的聪明才智才渐渐显露出来。

"他的国家受到邻国侵略，卡冈都亚赶回国抗击入侵者。有个叫若望的修道士帮他打败了敌人，他便修了一座德廉美修道院，让若望来主持。修道院其实是一片人文主义的乐土，这儿没有任何清规戒律的约束，连围墙也没有，更像是一所大学。人们在这里受着良好教育，相互信任，和睦相处，还能自由恋爱，也鼓励发财致富。总之，'想干什么就干什么'成了德廉美修道院的最高信条！

"卡冈都亚老年得子，这孩子就是庞大固埃。他也是个大块头。当他出生时，由娘肚子里一连跑出六十八匹骡子来，背上全都驮着海盐。——庞大固埃本来是民间传说里的海怪，据说专门趁人们熟睡时往人嗓子眼儿里撒盐面儿！

"庞大固埃长大后四处游学，在巴黎结识了精明狡猾的流浪汉巴汝奇。这个巴汝奇，几乎成了后面几部书的主角啦。他狡黠机灵，喜欢恶作剧，可又有点儿胆怯，但为了发财，却又不顾一切。这正是新兴资产阶级的性格特点。

"两人结伴游历，最终在一处神秘的殿堂见到一只神瓶。与此同时，巴汝奇听到空中响起一个声音：喝吧！——喝什么呢？书中没有说。有人解释说，神瓶里装的，既不是水，也不是酒，而是知识。造物主是让人们畅饮知识和真理的美酒呢！这恐怕就是全书的真谛吧。"

源源有一事不明："拉伯雷干吗要把主人公描绘成巨人呢？"

爷爷回答："文艺复兴的时代就是个巨人的时代，人们的精神、思维都迅速成长。《巨人传》要刻画的，正是新时代的巨人。——《巨人传》前后共五部，从内容到篇幅，都称得上是'巨人时代的巨著'啦。"

第 9 天

《堂吉诃德》挑战骑士文学

西班牙·16—17世纪

流浪汉小说《小癞子》

"从法国翻过比利牛斯山脉，就到了西班牙。可别小瞧这个国家，十五、六世纪时，它可是称霸世界的海上强国。发现美洲新大陆的哥伦布、首次做环球航行的麦哲伦，船上挂的都是西班牙的国旗。当时的亚洲、非洲、美洲，到处都有西班牙殖民地。非洲、美洲的一些国家，至今还拿西班牙语当作官方语言呢。

"可是到了 16 世纪末叶，英国的海上势力强大起来，在一次海上争霸战中，西班牙的'无敌舰队'被打得落花流水。从此，西班牙的国运也像这支舰队一样一蹶不振啦。然而'国家不幸诗家幸'，西班牙的文学却由此迎来了黄金时代。"

"那位写《堂吉诃德》的大作家塞万提斯，不就是西班牙人吗？"源源说。

"谁说不是呢，一会儿咱们就要说到他啦。在这之前，先来看一部挺有意思的小说——《小癞子》。别看它篇幅不长，名气可挺大，'流浪汉小说'就是由这儿开端。

"有个叫拉撒路的苦孩子，绰号'小癞子'。他先后给瞎子、绅士、卖赦罪符的和大祭司当过仆人，尝尽了人间的艰辛。由于环境的逼迫，他也逐渐变得'贼精溜滑'了。

"先说他的头一个主人瞎子吧，此人心地狠毒，常常折磨这个苦孩子，不给他饭吃。可小癞子有办法：他把瞎子的酒壶钻了个眼儿，又用蜡封上。等瞎子喝酒时，他就钻到瞎子腿底下，捅

《小癞子》封面

开那个眼儿接酒喝。后来瞎子发现了，却并不声张；等小癞子又去接酒喝，他拿酒壶狠命地一砸，砸掉小癞子好几颗牙！

"以后小癞子实在受不了虐待，决心离开瞎子。临走前，他把瞎子领到一根石柱子前，骗他说：眼前是一条水沟。瞎子使出吃奶的劲儿往前一蹦，'哎哟'一声，撞得头破血流。小癞子呢，早就溜之大吉啦。

"这以后，小癞子又给一个教士当仆人。这位比瞎子还抠门儿。他有一只旧箱子，里头盛满面包，却整天锁着，不给小癞子吃。小癞子也有办法，他配了一把钥匙，等教士不在，就打开箱子偷吃面包，还东一口西一口的，让教士以为是耗子啃的。——但事情到底露了馅儿，挨了一顿痛打，小癞子再次被赶到街上。

"小癞子又去伺候一位衣冠楚楚的绅士。其实这位是个穷光蛋，他靠小癞子乞讨来的面包填肚子，还装模作样，说是因为这

面包烤得香，才来尝一尝的。

"小癞子又换了好几个主人，最终娶了大神父的女仆，日子也变得好过起来。——可他的灵魂，却堕落了。

"《小癞子》的作者是谁，学者至今也没搞清楚。不过这位作者，肯定是个饱经忧患、愤世嫉俗，又富于同情心的人。他在书的前言里说：'让那些阔公子们想想，他们何德何能？无非是靠运气占了便宜罢了。苦命的穷人全凭自己挣扎，历尽风波，安抵港口。'他的话，道出了为生活而打拼的底层小人物的心声。

"《小癞子》写于16世纪中叶，与此同时，西班牙诞生了一位大文学家，就是塞万提斯。"

独臂作家塞万提斯

塞万提斯（1547—1616）算得上是西班牙文坛上最伟大的文学家了。他出生在马德里，祖上本是贵族，到他爹这一辈，家世已经衰微。爹爹是个穷外科医生，为了养家而四方奔走，哪儿还顾得上孩子的教育：塞万提斯只读到中学。

塞万提斯的学问全靠自学。《十日谈》《小癞子》，全都让他爱不释手。没书读的时候，哪怕在地上捡起个字纸头儿，也要翻来覆去地看上半天。

二十岁出头，塞万提斯作为红衣主教的随从去了意大利。那儿浓厚的文学艺术氛围让他受到熏陶，眼界大开。这以后，他当了兵，参加海战时作战勇敢，丢掉一条臂膀，落下终身残疾。

他带着一身创伤和一张荣誉状踏上归国之路，不料途中又遇上摩尔人的海盗船。转眼之间他成了摩尔人的俘虏，被卖到非洲北部的阿尔及利亚做了奴隶。他家里得到消息，想要花钱把他赎回来。谁知他身上带的荣誉状害了他。人家以为他是个什么重要角色，把赎

塞万提斯

金标得高高的；直到五年以后，家人才凑足五百枚金币，把他赎回。那时他离开祖国已经十年啦！

可是在国内，没人关心这位为国立功的英雄。国王只派他到海外领地担任个无足轻重的小官。为了吃饭，他只好拿起笔，他写小说，也写剧本。他总共写了二三十个剧本，上演后并没引起人们多少关注。他只好放下笔另谋生路。

不久他当上了无敌舰队的征粮官。在乡下，他不忍心向那些碗底朝天的农民派粮，便自作主张向仓满囤流的教堂神父征粮。这一下惹恼了教会，把他从教会里除了名。

这以后，教会处处跟他为难，他不但丢了饭碗，还成了监狱里的常客。这时他已五十多岁了。就在牢狱的铁窗下，一部长篇小说的构想在他脑子里形成。不错，就是那部举世闻名的《堂吉诃德》。

《堂吉诃德》：穷乡绅的游侠梦

你们还记得中世纪的骑士文学吧？塞万提斯生活的那个时代，西班牙正风行骑士小说呢。那些千篇一律的作品里，总是有一位英勇无畏的骑士出现，为了国王和贵族的利益不惜赴汤蹈火，其中还必定夹杂着无聊的爱情纠葛。

塞万提斯对这类小说腻烦透了！他的《堂吉诃德》，便是拿一位迷恋骑士小说的穷乡绅做主角，来个"以毒攻毒"，对骑士小说痛加讥讽！

书中这位穷乡绅原名吉哈诺，五十多岁了。他整天闲得无聊，最爱读骑士小说。读得走火入魔，一心要当个仗义行侠的骑士，除暴安良、扬名天下。

于是他改名叫堂吉诃德·台·拉·曼却，意思是"来自拉·曼却那地方的鼎鼎大名的骑士堂吉诃德"。他又从祖上的遗物里，拣出一副烂盔甲以及侠客必备的长矛和盾牌，还牵来一匹跟他一样瘦骨伶仃的老马。他把邻村一个村姑幻想成自己的意中人，给她取了个高贵的名儿，叫杜尔西内娅，并暗自发誓要终生为她效劳。——这些全是骑士小说里的俗套。

就这样，他单枪匹马登上冒险之途。

他来到一家客店，恍惚之间，觉着眼前是一座领主的城堡。于是他苦苦哀求"领主"为他授勋。其实那"领主"不过是个客店老板。老板怕这个疯子闹事，就逢场作戏封他做了骑士。

堂吉诃德忘乎所以，向一队过路的商人发起挑战。商人雇的骡夫可不买他的账，夺过枪来就把他痛打了一顿。要不是有个好心人护送，他连家都回不去啦。

堂吉诃德并不灰心，伤势一好，又跨马出征了。这回，他身边还多了个侍从——一个叫桑丘的庄稼汉。桑丘长得又胖又矮，骑着头小毛驴，跟又高又瘦的堂吉诃德走在一块儿，真是天下难找的一对儿。

一天，他俩来到一处荒原上，这里立着几架大

《堂吉诃德》插图之一

风车。堂吉诃德昏了头，竟以为风车是些凶恶的巨人，马上决定为了正义和上帝，向巨人开战！

桑丘劝他看看清楚，他哪里肯听，拍马持枪、大声叱骂着冲上前去。不用说，风车那巨大而有力的臂膀立刻把他的长枪折成几段，他自己也连人带马甩出好远。待桑丘上前救护时，他已不能动弹啦。

一路上，这样的事可太多了。又一天，路上扬起两股烟尘，堂吉诃德立刻兴奋起来，说那是两支大军在交战。他嘴里念念叨叨描述着两军对垒的情形，还声称要协助正义的一方——其实那不过是两群羊在奔跑扬尘呢。桑丘劝他别去，他早已催马向前，举枪向羊群中乱刺。牧羊人连忙拿石头回击，砸得他头破血流，

门牙也给砸掉了。

堂吉诃德有几回似乎是占了上风，可更多的时候却是倒霉。当他被家里人骗回家时，早已面黄肌瘦不成人样啦。

有女莫作骑士妇

《堂吉诃德》第一卷一问世，就获得巨大成功，几个礼拜就被抢购一空，一个月内居然出了三个盗印本。全国上下都在谈论这本书。传说西班牙国王站在阳台上，看见街上有个学生一面看书一面大笑，就说：那学生准是看《堂吉诃德》呢。派人一问，果然如此。如果几个人在路上看见一匹瘦马，也会说：瞧呀，那不是堂吉诃德先生的坐骑吗？

看到《堂吉诃德》销路这么好，有个无聊文人便用假名字发表了一部《〈堂吉诃德〉续集》。那书糟透了，书中把堂吉诃德主仆俩写得粗俗不堪、缺少灵魂。伪书的作者还故意在序言里攻击塞万提斯，说

《堂吉诃德》插图之二

他"只有一只手","坐过多次牢"。

塞万提斯气愤极了，反击说：一只手又怎么了？又不是酗酒斗殴打折的，这是在从古至今最伟大的战争里失掉的呢！——为了肃清伪书的影响，塞万提斯加紧赶写真正的续集，终于在第二年排印出版。

续集写堂吉诃德带着桑丘第三次外出行侠。他见路上一辆笼车里关着两头狮子，便跃跃欲试，打算跟狮子较量较量。他逼车夫打开笼子，那狮子并不想出来，只打了个哈欠，就掉转屁股一动不动了。车夫嘴巴乖巧，说是骑士的盖世神威已经有目共睹，狮子不敢出场，是它自己丢丑。堂吉诃德心满意足，从此他又赢得了"狮子骑士"的称号。

这以后他们又遇上公爵夫妇，被邀请到豪华的公爵府中去做客。公爵夫妇并非礼贤下士，他们是拿这主仆俩寻开心呢。两人在府中受尽捉弄，不是半夜遇上"死神"，责令桑丘自己打屁股，就是双双被骗上木马，让马肚子里的花炮炸得半死。

公爵还派桑丘到他的领地上去做总督，这是桑丘盼望已久的事。公爵本意仍是看笑话，可桑丘却干得十分出色。他不但审理了好几件疑难案件，还制定了不少对老百姓有益的法令。临走时，他骑上小毛驴，对送行的人说：我来时没带一文钱，走时没带一文钱，这就是我跟别处的卸任总督大不相同的地方。这话的尾音儿，够人们琢磨一气的。

堂吉诃德最终饱尝了人情冷暖，叶落归根，回到家乡。在临终的病榻上，他忽然神志清醒，明白自己根本不是什么游侠骑士，只不过是老好人吉哈诺罢了。他大骂骑士小说全是一派胡言，嘱咐床边的外甥女千万别嫁给迷恋骑士小说的，否则就别想继承遗产！

"至少我们还有《堂吉诃德》"

塞万提斯爱他笔下的堂吉诃德，自称是"堂吉诃德的爸爸"。堂吉诃德虽然是个荒唐可笑、中了骑士邪魔的人，可另一方面，他心地善良，富于同情心，专爱打抱不平，满脑子人文主义。只是他妄图用理想中的骑士之道去对付不公平的世道，连连碰壁也就在所难免了。

桑丘的形象也很可爱。开头他有点儿目光短浅，贪图小利，可是受了堂吉诃德的影响，他也变得高尚起来，在总督的位子上干得一点儿也不差。

《堂吉诃德》一问世，风靡一时的骑士小说算是走上了末路。人们一听说游侠骑士，马上就想起堂吉诃德的可笑形象来。骑士小说中的主人公们，还怎么抖得起威风来？这也正是塞万提斯创作《堂吉诃德》的本意所在吧。

不过这本小说大受欢迎，大概还有更深层的原因：当时的西班牙正处在"无可奈何花落去"的时代，有人不愿意接受这个事实，总想着重温西班牙黄金时代的美梦；那心态，实在有点儿像迷恋骑士时代的堂吉诃德。这部小说，是不是刚好触动了人们心中的忧伤情绪？

塞万提斯六十九岁在马德里辞世。他死时，只有妻子孤零零一个人为他送行。天主教忌恨他，连块墓碑都不给他立。以至于

塞万提斯纪念碑

后来的考古学者费了九牛二虎之力，在墓地里找到一小块刻着M.C字母的棺材板（那是大作家姓名的缩写），这才确定了他的埋骨之地。

遗体可以朽坏，他的著作却是不朽的。二百年后，在马德里的广场上，树立起堂吉诃德和仆人桑丘的高大铜像，来瞻仰的人，都把这看成塞万提斯的纪念碑啦！

西班牙人民常说的一句话是："即使到了我们一无所有的时候，至少我们还有一部《堂吉诃德》呢！"骄傲之情，溢于言表！西班牙政府还设立了塞万提斯文学奖和塞万提斯国际艺术节，他的影响早已超出国界，他也成为世界公认的伟大文学家！

维加："凶手"就叫羊泉村

沛沛说："我看过《堂吉诃德》改编成的卡通片，看时只觉得

维加

挺好玩，没想到里面还有很深的含义呢。——爷爷，您刚才说塞万提斯还写过其他小说和剧本，都有哪些呀？"

爷爷回答："他还写过不少小说，发表的有《伽拉泰亚》《训诫小说集》等。戏剧中最有名的是《奴曼西亚》，那是个历史剧。

"不过说到戏剧，与他同时代的维加（1562—1635）成就更大。维加是个'神童'，十四岁时就开始写剧本啦。

"他的父亲是个宫廷刺绣匠，可维加却喜欢用鹅毛笔来描龙绘凤。他一生精力充沛，当过贵族的侍从，参加过无敌舰队，做过宗教裁判所的法官，五十多岁时又出家当了教士。可无论干什么，他从来没停止过文学创作。据说他一生写过一千八百个剧本（一说二千二百个），至今留存的也有四百多个！在全世界的剧作家中，他的高产可算是拔了头筹。

"有一部《羊泉村》，是维加的历史剧代表作。剧本写的是15世纪发生在西班牙的一次农民暴动。

"有个残暴专横的贵族叫费尔南，是骑士团的队长。一次他路过羊泉村，见村长的女儿正在举行婚礼，就仗着武力把姑娘抢回城堡，还要把新郎绞死。

"姑娘寻机逃回村里，号召村民们起来抗暴。愤怒的村民们冲进城堡，杀死了作恶多端的费尔南。——西班牙国王费南多派法官来调查案子，羊泉村的村民谁也不讲出带头人来。法官问起谁是杀人凶手，全村人一齐回答：是羊泉村！

"后来国王亲自过问，终于查明了真相。他赦免了村民，还把羊泉村划归王室直接管辖。这个戏歌颂了农民反抗封建压迫、争取自由权利的斗争。直到第二次世界大战时，西班牙还常常演出这出戏，来鼓舞人民的反法西斯斗志。

"相传维加笔头极快，有个朋友跟他合写剧本，约定每人写八页。朋友夜里两点就起床动笔，赶在午前写完了八页，得意扬扬地去找维加。维加正在侍弄一棵橄榄树呢，说是：'我清晨五点起床，一个钟头写完八页，又写了一封长信，然后吃了点儿咸肉，又把花园浇了一遍，累得我够呛！'朋友听了，只有甘拜下风的份儿！

"维加在戏剧创作中首创了三幕剧的形式，剧情也大多悲喜交集、曲折生动。剧中还穿插着歌舞表演，很有民族特色。他为西班牙的民族戏剧奠定了基础，人们把他推为'西班牙戏剧之父'。有人称他是'怪杰'，有人则赞誉他是'天才里的凤凰'。"

第 **10** 天

乔叟用诗歌讲故事

英国·14—
16世纪

莫尔空想"乌托邦"

"你们听过羊吃人的事儿吗？"爷爷上来先提问题。见沛沛、源源摇头，就自问自答说："这事出在16世纪的英国。跟西班牙一样，那时的英国航海业十分发达。商船队把英国货运到世界各地，换回白花花的银子和宝贵的原料。在那些英国货中，毛呢制品是很赚钱的一宗货物。

"这一来，就刺激了英国的毛纺织工业。纺织工场如同雨后春笋建立起来。只是'巧妇难为无米之炊'，没有羊毛原料也是白搭。那些拥有土地的贵族们一见有利可图，纷纷把农田毁掉，改种牧草。一时之间，大批农民失去土地，成了流浪汉，有些农民就这么饿死了。——羊抢了人的饭碗，这不就是'羊吃人'吗？"两个孩子听了，这才恍然大悟。沛沛说："原来是打比方呢。"

"不错。"爷爷接着说，"打这个比方的，是英国一位名叫托马斯·莫尔（1478—1535）的文学家。——说他是文学家并不全面，因为他还是个政治家、思想家。年轻时，他在英国高等学府牛津大学读书。后来从政，由下议院议员当到议长，还做了大法官。可莫尔不是那种脑瓜儿僵化的大官僚。他头脑清醒、眼光锐利，看到圈占良田、建立牧场的情形，便一针见血地指出：温顺的绵羊要吃人啦！

"莫尔写过一部奇书《乌托邦》，这是一部对话体的社会幻想小说。中国古代文学家陶渊明不是写过一篇《桃花源记》吗？莫尔的'乌托邦'则是这位英国人理想中的桃花源。

莫尔

"书中描画了这么一个岛屿，那儿的人奉行'不劳动不得食'的信条。岛上有许多组织严密的大家庭，家庭里人人做工。产品被送进统一的仓库，再由家长领回必要的生活用品，谁也饿不着、冻不着。

"由于没有私有财产，也就消除了罪恶的根源。大伙都住在花园般的住宅里，负责管理的人也由岛上成员选举产生。这可真是一片理想的乐土啊。

"说来有趣儿，由于钱币失去了效用，金银成了最没用的东西，结果只好用它来打制粪桶、尿盆和锁链。至于戒指、耳环、项链等，则成了罪犯和奴隶的专用品，变成罪恶与低贱的标志啦。"

"书名《乌托邦》又是什么意思呢？"沛沛问。

"'乌托邦'是拉丁文'不存在之处'的意思。其实莫尔这套社会改造的设想，只是一种空想。后来人们就把'乌托邦'当成空想的代名词儿啦。不过即便是空想，也是挺可贵的。他的主张，后来被人称作'空想社会主义'。"

乔叟与《坎特伯雷故事集》

欧洲文艺复兴运动起源于意大利，可是把文学创作推向巅峰的，却是英国的文学家。听说过英国大戏剧家莎士比亚吧？他的大名如雷贯耳，是文艺复兴文坛上的巨人。——不过今天咱们先介绍几位莎士比亚之前的英国诗人，没有他们打下的基础，英国文坛就不会凭空站起一位巨人来。

头一个要说的，是号称"英国诗歌之父"的乔叟（约1343—1400）。他是个葡萄酒商人的儿子，毕业于有名的牛津大学。后来进入宫廷，做了皇家侍从，又当过外交官和军人，还曾出使法国和意大利。

乔叟

但丁、薄伽丘、彼特拉克的诗文小说都让他着迷。他后来创作《坎特伯雷故事集》，就深受薄伽丘《十日谈》的影响。其中的个别故事，在《十日谈》中已经出现过，不同的是，乔叟用的是诗体。

在伦敦泰晤士河边的一家小客店里，聚集着三十位善男信女，他们是前往坎特伯雷大教堂朝拜的香客。香客的身份五花八门，有骑士、农夫、小地主、托钵僧、尼姑、教士，还有律师、医生、大学生、商人、厨师、手艺匠、水手、差役⋯⋯他们相貌举止、言语神态各自不同，总起来就是个小社会。

到坎特伯雷去的路要走三天，于是店主人提议：为了解闷儿，路上每人要讲两个故事。谁讲得好，店主将酬劳他一顿美餐。

以上是全书的帽子，下边就是各位的故事啦。——只是乔叟原本准备写六十个故事，可是只写了二十四个，他就去世了。因而今天我们见到的，是个未完成的本子。但这丝毫不影响它的价值和成就。

女人命运寄刀尖

骑士头抽到一个签，咱们听听他讲些什么。

雅典国王出征亚马孙女人国，大获全胜。不但娶了女人国女王为妻，还把她漂亮的妹妹爱茉莱也带回了雅典。

紧跟着，雅典国王又去攻打希白斯，杀掉了那儿的暴君，并把两位年轻的贵族武士阿赛脱和派拉蒙擒拿回国，囚禁在雅典的巨塔里。于是，一场爱情的风波便开始了。

一天，爱茉莱在巨塔边的花园里散步，让塔中的两位武士看到了。他们立刻就爱上了她，并为这美丽的姑娘吃起醋来。

一个偶然的因素，阿赛脱被意外释放了。雅典王命令他马上离开，说是一旦再看到他，就要砍掉他的脑袋。可砍头又怎么能

《坎特伯雷故事集》插图之一

阻挡真正的武士追求爱情呢？阿赛脱还是冒着危险回到了雅典，并且潜入宫中，化名当了僮仆，只为寻找机会跟心上人接近。

在这个当口，派拉蒙也在朋友的帮助下逃出了巨塔。事有凑巧，他在树林里遇上了独自出门的阿赛脱，一对情敌的决斗不可避免！

雅典王打猎路过树林，目睹了这场恶斗。等问明原因后，他饶恕了两人的过错，并让他俩一年后前来比武，说是谁取胜，就把小姨子爱茉莱嫁给他。

这天很快就到了。两位武士各带了百名卫士前来决斗。按照规定，双方都不准使用利器；而且无论哪一方的主将被打下马来，决斗即告结束。

对抗开始了，混战之中，派拉蒙挨了一刀，掉下马来，他算是输定了。阿赛脱欣喜若狂，打马向爱茉莱奔去。——突然有个恶魔从地底下钻出来，阿赛脱的马受了惊吓，把主人一下子甩下马来。阿赛脱胸膛被压碎，眼看活不成啦。

阿赛脱不愧是有风度的贵族武士，临终时，他把派拉蒙和爱茉莱叫到跟前，最后一次表白了对姑娘的爱，又把派拉蒙的品德大大夸赞了一番，祝他们幸福，说完就咽了气。——人们敬重他的义气，全都来参加他的葬礼。当然，派拉蒙和爱茉莱最终结成了眷属。

爱茉莱跟一个爱他的人结合，结局还算美满。可是在整个婚姻历程中，她的命运始终捏在国王的手心儿里，挂在武士的刀尖儿上，这是那个时代女子的悲哀，也显出讲故事的人——骑士对爱情的看法。

贵妇人与木匠妻

学者所讲的故事，也诉说了女人的不幸。

有个意大利的年轻侯爵，娶了贫家女子为妻，不久生下个女孩儿来。可侯爵却让人把孩子带走。没过几年，侯爵夫人又生下个儿子，依旧被人带离了亲娘。侯爵夫人呢，只是默默地忍受着，始终没说一个字。

可侯爵却得寸进尺，说是受了教皇的旨意，要休妻再娶，还叫这位即将被休掉的夫人为他张罗婚事。这打击可太残酷啦！但侯爵夫人真有修养，依旧那么默默顺从、唯命是听的。

到了迎娶新人的宴席上，侯爵才道出真相：他这是试探夫人的耐心呢。至于被接来的，也不是什么新娘，而是被养在别处的十二岁的女儿，后边还跟着七岁的小弟弟！

侯爵夫人又惊又喜，当场晕了过去。待她醒来，便又重新披上了夺目的锦袍，接受人们的致敬。后来嘛，当然是与侯爵恩恩

《坎特伯雷故事集》插图之二

爱爱、白头到老啦。

不过故事集里的女人，并不都像这位侯爵夫人一样逆来顺受。在磨坊主的故事里，木匠"年轻心野"的漂亮妻子阿丽生就活得挺开心、挺自在。

自作多情的教堂管事半夜跑到她的窗根儿央求她开窗，为了能吻她一下；因怕自己口臭，惹美人不高兴，事先还嚼了益智草和甘草根。

可阿丽生呢，却把屁股挪出窗外。等教堂管事明白自己受了骗，只能使劲儿擦嘴：用灰擦、用沙擦、用草擦、用布擦，连木屑也用上啦！

乔叟的玩笑开得真泼辣，而阿丽生的形象，也因而显得格外生动。她还跟穷书生尼古拉一块儿摆布她那有钱的蠢丈夫。读了这个故事，你会觉得这个世界是属于他们的。

比恶人更贪婪的赦罪僧

跟《十日谈》一样，《坎特伯雷故事集》对教会也是大为不敬。有个赦罪僧，为大伙儿讲了"三个恶汉"的故事：有三个恶汉去找"死亡"，在一位老者的指引下，却找到一大堆金币。其中两人支使另一个人去打酒，等那人走后，他俩便商量着要除掉他，使"三一三余一"变作"二一添作五"。打酒的那一位呢，他的心思更歹毒：买了毒药放到酒里，想毒死这两个，自己独吞金钱。不用说，最后的结果是，一个死于刀下，两个毒酒入肠，谁也活不成！

赦罪僧讲完这个故事，马上话头一转说：列位，上帝饶恕你们的过失，会保佑你们勿蹈贪婪覆辙；献出你们的贵品真金、戒指胸针，来买我的赦罪符吧。

读了故事的结尾，每位读者都会想：究竟谁贪婪、谁又该佩戴赦罪符呢？——还是店主人说得好，应该把那些赦罪符和所谓"圣物"，统统放进"猪肚子的神龛里去"！

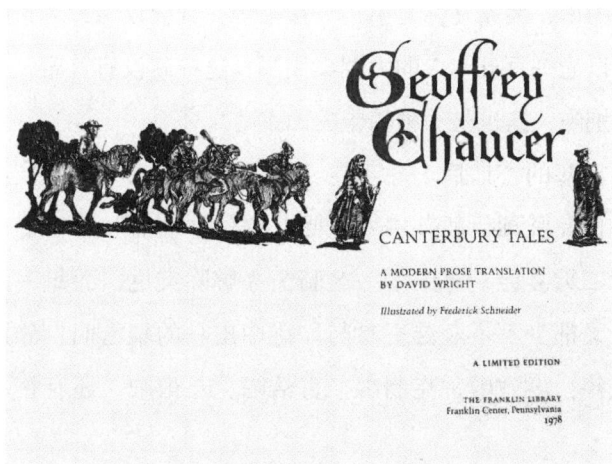

《坎特伯雷故事集》书影

在《坎特伯雷故事集》里，乔叟第一次拿生动活泼的伦敦方言来入诗。他那写实的手法和幽默灵巧的文笔，显示着他遮掩不住的才华。人们把乔叟看成英国近代诗歌的开创者，写英国文学史的人，往往由乔叟写起。至于后来的英国大文学家斯宾塞、莎士比亚、狄更斯等，全可以看作他的后生晚辈。

斯宾塞《仙后》：圆桌骑士即将出发

接下来说说那位斯宾塞（1552—1599），他出生时，乔叟已经去世一百五十年了。斯宾塞最著名的作品是长诗《仙后》，诗中塑造了一位有道德、有教养的高尚人物——亚瑟王。

亚瑟王是谁呢？他可是英国历史上一位家喻户晓的传奇英雄。他本是6世纪时不列颠岛上凯尔特族人的领袖，为了抗击盎格鲁-撒克逊人入侵，他率领他的骑士团战斗了一生。传说在他的骑士团里，大家互称兄弟，一律平等。开会议事，大家围坐在一张可以坐一百五十人的大圆桌周围，这样就没有首席、末席的尊卑之别啦，这也是一种骑士的民主吧。

斯宾塞的《仙后》拿亚瑟王追求仙后格罗丽亚娜当引子，其实是借此歌颂伊丽莎白女王呢。这位"仙后"每年要在宫中举行十二天宴会，每天派一名骑士去解除灾厄；而每一回冒险行动，又都少不了亚瑟王参与。诗中出马的骑士们，分别代表一种美德：虔诚啦，克制啦，贞洁啦，友谊啦，还有正义、礼貌等。

诗人本来打算写十二章，结果只写了六章。即便如此，长诗也已有三万五千行了。据说在现代英国，已经没有多少人能耐着性子把它读完。不过诗人对骑士道德的理想化描写——彬彬有礼的风范、浪漫的情操，至今还影响着英国人的社交习尚呢。

斯宾塞出身于布商家庭，曾在剑桥大学获得硕士学位，这以后就一直出入上层社会，过着贵族

《仙后》插图

般的生活。在一次旧贵族发动的叛乱中，他的房产田园全给烧毁了，他也于第二年因贫病而死。

斯宾塞一生崇拜乔叟，他的诗歌语言就是模仿乔叟的。死后，他刚好被埋葬在乔叟墓旁，也算是死得其所了。

斯宾塞写诗，十分讲究格律和技巧，因而人们称他为"诗人的诗人"。后世不少英国诗人都受到他的影响。

马洛神秘消失之谜

爷爷好像忽然想起什么，说："对了，刚才讲坎特伯雷'三恶汉'故事，忘记提一句：同样的故事，咱们中国古代的文献中也有记录。北宋人张知甫有一本《可书》，里面讲，天宝山有三

个道士采药，忽然挖出人家藏钱的地窖。当时天色已晚，三人商量先取出一两千钱，到集上打酒买肉，庆祝一番，等明天天亮再继续挖。于是推举一人去集市，另两个密谋：等他打酒回来把他杀掉，可以少一个人分钱的。谁料打酒的这位也打起鬼主意，在酒肉中下了毒药。结果三个人全都死于非命！这则故事跟乔叟笔下的故事几乎一模一样。"

沛沛屈指算了一下，说："张知甫的生活年代应该比乔叟早吧？"爷爷说："早二百多年哩。不过也不能据此说乔叟抄袭了张知甫。这种情况，很可能是某一传说故事广泛流传于亚欧民间，被不同国度不同时代的作家分别引用，这种情况，在民间文学传播中是很常见的。"

源源提醒说："爷爷，莎士比亚您还没说呢。"

爷爷说："今天是来不及了，等明天吧。不过有个马洛（1564—1593），也是这一时期很重要的文学家。有人就说过，伊丽莎白时代的好诗歌，全都在戏剧里头——那主要就是指马洛和莎士比亚的戏剧。

马洛

"马洛的父亲是个穷鞋匠，马洛的成功，全靠他自己。他以优异成绩获得奖学金，读完中学又考入剑桥大学，还获得了硕士学位。

"马洛学的是哲学，可他常常缺课，扎在图书馆写剧本。当时的英国剧坛上出了一批年轻气盛、读过大学的剧作家，人称'大学才子'派。马洛是其中年岁最小的一个。

"年岁小，成就可不小。他的头一个剧本《帖木儿》一出来，就轰动了伦敦城。这出戏写蒙古可汗帖木儿武功盖世、征服亚欧。这一切，靠的就是他那坚强的意志和勃勃的雄心。诗人以雄健有力的无韵诗歌颂扬这位出身卑微的英雄，里面一定也熔铸了自己的切身感受和体会！

"至于那部《浮士德博士的悲剧》，更是杰作。剧中写浮士德不满足中世纪那点儿知识，为了求得魔术，把自己的灵魂出卖给了魔鬼。二十四年后，他跟魔鬼订立的合同到期，他的灵魂也被魔鬼劫往地狱。

"浮士德的题材来自德国的民间故事，这个题材受到许多文学家的青睐。二百多年后，德国大诗人歌德写了那部传世之作《浮士德》，多少也是受马洛的启发呢。

"马洛戏剧中还有一部《马耳他岛的犹太人》，演一个犹太人为了获得财产，不惜杀妻害女，最终自己也掉进沸汤中丧了命！——莎士比亚写《威尼斯商人》，显然受了这出戏的影响。

"马洛一生富于传奇性。他在剑桥大学毕业时，校方拒绝授予他硕士学位，因为他被警方怀疑参与了天主教反对女王的阴谋活动。后来女王出面干预，对他的怀疑才被解除。因而人们又猜测，他是受政府雇佣的密探。

"1593年5月底的一天，马洛在伦敦一家酒馆跟三个壮汉发生争执，被当场刺死。人们猜测这大约也跟政治有关。可惜这一年他才二十九岁！

　　"非常凑巧，莎士比亚跟他是同一年出生的。莎士比亚的不少剧本，显然是受到他的启发。甚至有人怀疑，马洛当时并没死，他只是借机隐遁，以莎士比亚的笔名继续写剧本呢！"

第 11 天

戏剧大师莎士比亚

英国·16世纪

莎士比亚 "跑龙套"

沛沛和源源早早吃罢晚饭，等在大槐树下。爷爷来时，一杯茶水已经沏好。

"昨天说到，莎士比亚的作品有可能出自马洛之手，那只是个别学者的推测之词。莎士比亚的存在是不容怀疑的。有一幅莎翁的画像流传至今：一双炯炯有神的眼睛，上唇留着短髭，头发向后披着，前额显得格外宽大——多少人间悲喜剧，就是从这个脑瓜儿里酝酿产生的呢。

莎士比亚

"1564年4月23日，莎士比亚（1564—1616）出生在英国沃里克郡的斯特拉福镇，埃文河从镇边缓缓流过。莎士比亚的父亲是个经营羊毛和皮革的商人，后来还当上了镇长。莎士比亚作为长子，被父亲寄予厚望，从小被送到学校学习历史、哲学、拉丁文等课程。

"可是好景不长，十三岁那年，父亲的生意蚀了本。他也只好辍学回家，帮父亲料理生意。以后经人撮合，娶了个比他大八岁的女子。妻子给他生了三个孩子，可两人的感情一直不好。

"莎士比亚后来去了伦敦，因为衣食无着，只好在剧院门口给有钱的观众牵马看车。这活儿可是够卑贱的。然而这一来，莎士比亚算是跟戏剧结下了不解之缘。这以后，他常在剧院里打打杂，提提词儿，有时还跑跑'龙套'，并因此结识了不少演员和编剧，向他们学到许多戏剧知识。慢慢地，莎士比亚也学着写起剧本来。

"开头，他还只是改编人家的剧本，以后便放开手独立创作。他写的戏大受欢迎，连女王也喜欢看，他所在的剧团也因此获得进宫演出的机会。以后剧团干脆改名儿叫'国王剧团'，成了伦敦戏剧界的首席。

"莎士比亚从三十岁左右开始写作，二十年里，共写了三十七个剧本，此外还写了不少诗歌。学者们把他的戏剧创作分成三个阶段：前十年里，他写的大半是喜剧和历史剧；以后的七年中，他主要写悲剧，成就也最高；此后几年中，他的剧本里增加了传奇色彩，因而人们把这最后一段称作传奇剧时期。

"先来看看莎士比亚的喜剧创作吧……"

《威尼斯商人》：喜剧还是悲剧

在头十年里，莎士比亚一共写了十部喜剧，其中包括《仲夏夜之梦》《皆大欢喜》《第十二夜》《温莎的风流娘儿们》等。而最为人称道的，则是那部充满甜酸苦辣滋味的《威尼斯商人》。

意大利的威尼斯有这么两个商人：一个是专门放高利贷的犹太人夏洛克，他对债户又刻薄又狠毒；另一位是年轻富有的威尼斯商人安东尼奥，他跟夏洛克截然不同——遇到人家有困难，他总是慷慨解囊，什么利钱不利钱的，交个朋友就是了。他常常责备夏洛克贪婪狠毒，夏洛克当然也把他恨透了。

有个叫巴萨尼奥的穷贵族，是安东尼奥的朋友。他跟有钱的小姐鲍西娅相爱，可临到办喜事，却没钱置办聘礼，于是张口向安东尼奥借钱。碰巧安东尼奥手头正紧，他的一批货正由海上运来，还没到港。安东尼奥只好来找夏洛克，以自己的名义向他暂借三千金币。

夏洛克这下可找着报复的机会啦。他说钱可以借，利钱也可以一个子儿不要，可是如果到期还不上，安东尼奥得拿自个儿身

《威尼斯商人》插图

上的一磅肉来抵债！——为了朋友，安东尼奥竟答应了。

不久却传来坏消息：货船在海上遇到风暴，沉了底儿，安东尼奥一夜之间由富商变成了一贫如洗的穷汉！巴萨尼奥得知此事，连忙向未婚妻借了钱，赶去救他的朋友。夏洛克却一口咬定：除了安东尼奥的肉，别的什么也不要！

事情闹到法庭，忽然来了位年轻漂亮的律师。"他"先是劝夏洛克放弃无理要求，看看不行，便转而答应了夏洛克的要求。就在夏洛克红着眼磨刀子的时候，律师说道：借据上只许你割一磅肉，却没有准许给你一滴血；而且你只能割一磅肉，既不能多，也不能少。否则按照法律条款，就得判你死罪，还得把财产充公！——这下子夏洛克可垮啦，他没法子下刀，只好低头服罪。他不但没得着三千金币，连家财也给没收了一半。

等回到家，安东尼奥跟朋友才发现，那位风度翩翩的律师，竟是鲍西娅小姐乔装改扮的。这时又有消息传来：安东尼奥的货船并没沉没，如今顺顺当当开进了港口。这出喜剧，就在欢声笑

《威尼斯商人》剧照

语里落了幕。

剧中的安东尼奥是新兴商人的代表。他富而知礼、洒脱大方，是个正面形象。鲍西娅也是作者歌颂的人物，她又聪明又果决，男人都赶不上她。她在法庭上的一席辩护词，真是漂亮极了。

夏洛克显然是反面形象。然而诗人并没有一味丑化他，而是写出他的复杂性格。当时的英国社会，歧视犹太人的风气很盛。诗人通过夏洛克之口控诉说：你们以为犹太人没有手、没有眼、没有心肝吗？我们与你们一样，也要吃五谷杂粮，也一样会为刀伤而流血，我们也知道冷暖，并不是耶稣啊！——这凄厉的叫喊，使喜剧蒙上一层悲剧色彩。

《罗密欧与朱丽叶》：以爱化仇

其实在这一时期，莎士比亚也写过悲剧，而且是非常有名的一部——《罗密欧与朱丽叶》。剧中写了一对情人的毁灭，而那悲剧的根源，是因这对恋人出自两个敌对家族：罗密欧是蒙太古家的儿子，朱丽叶是凯普莱特家的姑娘。两家都是维洛城的大族，因为一桩旧事，变为剑拔弩张的仇家。

事情还得从头说起。有一回，老凯普莱特家举行盛大的宴会，罗密欧也戴着假面具来参加。在舞会上，罗密欧看上了一位可爱的姑娘，那正是老凯普莱特的掌上明珠朱丽叶。

夜阑人散，罗密欧却没有离开，他被爱情驱使着，跳过朱丽叶家的花园。碰巧姑娘正自言自语念叨罗密欧的名字呢，原来她对罗密欧也一见倾心。此刻她只怪罗密欧为什么生在仇家，但又表示为了爱情，宁可丢掉自家的姓氏。说着说着，罗密欧真的出现在她面前。两人情意绵绵，一直聊到天亮。

有个叫劳伦斯的神父，十分同情这一对恋人。他私下替他俩主持了婚礼。可没等神父把这个秘密公开，罗密欧却因在格斗中伤了人，被赶来审案的亲

《罗密欧与朱丽叶》插图

王判处了流刑。对于这一对好不容易才结合的恋人，这可是生离死别啊。何况朱丽叶家正逼着她嫁人呢。

神父又替他俩想出个办法来。他教朱丽叶喝了一种药汁，喝过后，人就如同死了一样。另一面，他又派人去给罗密欧送信儿，让他等朱丽叶一"下葬"，马上到墓室把她救走。

可是阴差阳错的，信儿还没送到，罗密欧已经闻讯赶来。他见到朱丽叶的"尸体"，痛不欲生，举起随身带的毒药一饮而尽，倒在了朱丽叶身旁。就在这时，朱丽叶苏醒过来。等她明白了一切，为时已晚。这位忠于爱情的好姑娘，拔出罗密欧的佩剑，刺进自己胸膛。一对恋人，就这么双双离开了人世！

蒙太古和凯普莱特都赶来了。神父当众述说了悲剧的前因后果，亲王也责备两家人不该无端仇杀。儿女的毁灭唤醒了双方家长，他们流着泪握手言和。——可这和解所付出的代价，

实在太沉重啦。

相亲相爱的力量，最终战胜了敌视与仇恨，年轻一代用鲜血和爱情，融化了老一辈心中的积雪严冰。这儿反映的，大概正是莎士比亚心中的人文主义理想吧。

在这出戏里，诗人已经显示出他的悲剧才能。可是他更为出色的悲剧，是六年后写成的《哈姆雷特》。——哈姆雷特是位丹麦王子，因而这出戏又被译为《王子复仇记》。

《哈姆雷特》，王子复仇

据说有一回王子的父亲丹麦国王在花园里午睡，被毒蛇咬死了。没出两个月，王后便嫁给了王子的叔叔，也就是先王的弟弟，连王位也让叔叔夺了去。

王子想念爹爹，又为母亲这么快就改嫁感到难受。同时他总觉着这事有点儿不对劲儿。这以后，京城发生了怪事，城堡上的卫兵一连好几夜都看见了鬼魂。王子

《哈姆雷特》插图之一

决心亲自去探个究竟。

到了深夜，鬼魂真的出现了，他身披铠甲，面色苍白，原来竟是先王！先王告诉王子，自己是给现在的国王害死的，还千叮咛万嘱咐，要王子替他复仇！——从这天起，王子便装起疯来，说话颠三倒四的，对待他心爱的姑娘奥菲利娅，也时冷时热，甚至粗暴无礼。

可王子并没急着报仇——万一鬼魂的话不可靠呢？他想亲自验证一番。可巧宫里来了个戏班子，王子就编了一出戏，教他们排演，然后邀国王和王后前来观赏。

戏开演了，只见一位公爵夫人正向丈夫表白呢，说是如果丈夫死在前头，她决不再嫁。后来公爵在花园里睡觉，他的一位近亲走来，把毒药汁滴到他耳朵里，害死了他……

戏演到这儿，国王再也坐不住了，他吩咐打道回宫，王后的脸色也很不好看。紧接着，王子受到传唤，说王后请他到后宫谈话。

王子实在憋不住了，当面对王后讲了许多责备的话。说到激动之处，就去抓王后的手。王后以为儿子发了疯，高喊救命。这时，帷幕后面也有人叫喊起来。王子猜想那一定是叔叔在偷听，便拔剑刺去。等尸首拖出来才知道，偷听的是国王的亲信、御前大臣，也就是女友奥菲利娅的父亲！

生存还是毁灭，这是个问题

这一回国王抓住了把柄，命人把王子押送到英国去，打算来

《哈姆雷特》插图之二

个借刀杀人。但王子中途跳上一艘海盗船，又回到了丹麦。回京城那天，正赶上他心爱的姑娘奥菲利娅下葬。——这个可怜的姑娘，因为受不了接踵而来的刺激，精神失常，掉进河里淹死了。

在墓地上，姑娘的哥哥雷欧提斯跟王子动起了拳头，在他看来，是哈姆雷特毁了他一家。

阴险的国王利用这两个年轻人的仇恨，设下更狠毒的圈套：他张罗着让他俩举行一次剑术比赛，那背后，却隐藏着杀机。照规矩，比剑要用钝头剑，可国王却暗中给雷欧提斯准备了一把开刃的毒剑。此外还预备下一杯毒酒，以备王子万一没被刺死，好在祝酒时毒死他。

比赛开始了，雷欧提斯根本不是王子的对手。可他复仇心切，竟趁着双方歇手时，一剑刺伤了王子。王子大怒，夺过毒剑回敬了对方。就在这时，王后大叫一声，向后倒去。原来她误喝了国王斟下的那杯毒酒！

雷欧提斯自知必死，临终前良心发现，当众揭穿了国王的阴谋。哈姆雷特王子目睹了这悲惨的场面，千仇万恨涌上心头，拔剑向奸王刺去！——王子终于替爹爹报了仇，他自己也随着倒下了。

奸诈的篡位者死在剑下，是他罪有应得。可是这么好的两位青年也赔上了性命，实在让人痛心。尤其是哈姆雷特，他正直、勇敢，受过人文主义教育，是"时流的明镜，人伦的典范"。他反对奸王，不光是替爹爹报仇，也是要把国家和人民从暴君的手里解救出来。然而奸王的势力太强大了，王子势孤力单，只好一面保护自己，一面瞅机会反击；何况他最亲爱的母亲也跟仇人搅在一块儿，这更让他难办。

有人说，哈姆雷特犹豫不决、优柔寡断，错过了好几次复仇的机会。他有一段舞台独白："生存还是毁灭，这是个问题！……"此句被人们长久传诵。不过也有人说：哈姆雷特只是投鼠忌器，怕伤着他的母亲啊。——爱母之情在他心中打了一个解不开的心结，心理学家把这称作"恋母情结"。

《奥赛罗》：小人拨乱酿悲剧

莎士比亚这一时期的悲剧作品，还有一部《奥赛罗》。奥赛罗是一位摩尔族的威尼斯将军，皮肤黝黑，高大威武。

姑娘苔丝狄蒙娜是元老院元老的女儿，她出身高贵，品貌出众，有着丰厚的嫁妆。向她求婚的人踏破了门槛儿，可姑娘偏偏看上了奥赛罗。

奥赛罗身经百战，自有一种常人比不了的大将风度。他到过天涯海角，有着不同寻常的经历。当他把自己的经历讲给姑娘听时，姑娘简直给迷住了。不久，他俩私下举行了婚礼。

元老却看不上这个黑皮肤的军人，他提出控告，说他们的婚

《奥塞罗》插图

姻不合法。可听了奥赛罗的陈述，元老院判定婚姻有效。况且这时正传来警报，说土耳其的舰队正朝塞浦路斯开来，军队正等着奥赛罗去指挥呢。

战争的危险很快就过去了。海上风暴帮了威尼斯的忙，土耳其的舰队被飓风刮得七零八落。不过另一种危险，却在悄悄向这一对新人逼近。事情的缘由，得从奥赛罗新近提拔的一名副官说起。

这名副官叫凯西奥，奥赛罗跟苔丝狄蒙娜的婚事，就是他撮合的。而另一名军官伊阿古却恨得咬牙切齿，他觉着，这个副官的位置本应是他的。于是，一连串的诡计在他心中形成。

伊阿古先是在凯西奥值勤时把他灌醉，害得他丢了官；接着又假作关心，叫凯西奥找苔丝狄蒙娜向奥赛罗求情。他还让老婆偷了苔丝狄蒙娜的手帕，故意扔在路上，让凯西奥捡了去。那可是奥赛罗送给苔丝狄蒙娜的定情信物啊。

伊阿古故意在奥赛罗跟前闪烁其词，暗示苔丝狄蒙娜跟凯西奥之间有点儿不清不白。奥赛罗听了，竟真的起了疑心。等到发现了手帕的去向，他怒火中烧、情绪失控，竟亲手把最心爱的人扼死在床上！——这当口，凯西奥被人抬了进来。原来伊阿古派人去暗杀他，却没能得手。为了灭口，伊阿古又杀死了刺客。可是留在刺客口袋里的教唆信，却让伊阿古露了馅儿。

奥赛罗怎么也没法儿接受这个残酷的现实：自己受了骗，竟亲手杀了自己的爱妻！他拔出佩剑，猛地刺进自己的胸膛。山一样的身躯，倒在了妻子的身上！

奥赛罗杀了妻子，毁了自己，可没人责备这位悲剧英雄的轻信与鲁莽，只把满腔愤怒倾泻在伊阿古身上。——正义总是光明磊落，而邪恶却可以不择手段。这就是正义总要遭邪恶暗算的原因，也是这出悲剧真正令人感慨的地方。

不同的悲剧：《麦克白》与《李尔王》

《哈姆雷特》和《奥赛罗》的主人公都是正面形象，而《麦克白》的主角，却是个反面人物。

麦克白是苏格兰的中军大将，他平叛归来，在途中遇到三名女巫，她们预言说他将会成为考特爵士，还能当上君主。不久他真的得到了考特爵士的贵族头衔。但这没能使他满足，反而引发了他的野心。他的妻子比他野心还大，于是"妇唱夫随"，两人趁国王邓肯到他家做客之机，把他杀死在卧室里。麦克白如愿以偿，坐上了苏格兰王的宝座。

金子的王冠戴在了头上，夫妇俩的内心却再也没有一刻安宁。他们生怕有人来抢夺王位，于是残害政敌、滥杀无辜，搞得众叛亲离。

根据剧本《麦克白》改编的同名电影海报

妻子更是惶惶不可终日，最终发疯死去。心怀恐惧的麦克白再次去找女巫，女巫预言：要打败他麦克白，除非森林会移动，而且对方的统帅不是由娘胎中所生才行。——这当然都是不可能的啦。麦克白吃了定心丸：自己的江山是坐定了。

可不久麦克白又慌了手脚，因为从英格兰开来的讨伐大军，人人手里拿着树枝，看上去就像整座森林在移动。而对方的统帅又是不足月就从娘胎里取出来的，不是正常的胎生。麦克白一下子泄了气——最终死在了讨伐军的剑下。

麦克白本是位忠心保国的英雄，他怎么会变成弑君篡位、杀人如麻的暴君了？这全是由于他内心潜藏着野心的缘故。女巫说得好：心中的魔鬼，比眼睛能看到的魔鬼更可怕。在剧中，麦克白夫妇篡位后坐卧不宁、疑神疑鬼。尤其是他的妻子，一遍又一遍地洗手，总觉着手上的血迹洗不掉！她最终是被内心的负罪感折磨而死的。在这个戏里，反面人物也像正面角色一样形象丰满、有血有肉。

莎氏另一部悲剧《李尔王》，写一位退位国王的遭遇。李尔王退位后，把国土和权力分给两个女儿。谁知手上没了权柄，他遭到女儿的冷遇和虐待，最终竟沦落为乞丐，饱尝了世态冷暖。这位一向高高在上的君王，总算懂得了一点儿人生道理。虽然坏人最终得到了报应，可好人比坏人死得更早。——把美好的东西毁坏给人看，这正是悲剧的真谛。

以上这四部戏：《哈姆雷特》《奥赛罗》《麦克白》和《李尔王》，合称"莎士比亚四大悲剧"。它们是世界舞台上的不朽剧作，后世的悲剧作品，很少能超越它们。

传奇剧《暴风雨》

莎士比亚后期的剧作，如《辛白林》《冬天的故事》《暴风雨》等，都带有传奇的色彩。就说说《暴风雨》吧。

米兰公爵普洛斯彼罗对魔法着了迷，他把公国事务都委托给弟弟安东尼奥，自己一头扎进魔法书里。

安东尼奥不满足自己的位子，他勾结那不勒斯王阿隆佐，篡夺

《暴风雨》插图

了公爵的宝座，又把公爵连同他那未满三岁的小女儿米兰达赶上一条破船。

破船随波漂流，泊在一座荒岛边。亏得公爵深通魔法，降伏了岛上的精灵魔怪，从此荒岛成了公爵父女栖身的世外桃源，他们的日子过得倒也自由自在。

十二年过去了。一天，一艘豪华的大海船从海上经过。公爵施展魔法，登时雷电交加，暴雨倾盆，海船眼看就要沉没了，船上的人纷纷跳海逃命，乱作一团。

原来公爵早就掐算出有船经过，而船上乘坐的，正是他的坏弟弟安东尼奥，还有那不勒斯王阿隆佐以及王子斐迪南。

斐迪南王子独自一人爬上海岛，意外地遇见了公爵的美丽女儿米兰达。如今她已经长成大姑娘了。米兰达从小到大，还没见过爹爹以外的人类呢，她顿时爱上了这个英俊的小伙子。——以后两人几经磨难，终于结成连理，这是后话。

船上的另一伙人，被海浪冲到海岛的另一头。就在那样的绝境里，他们还结帮分派、鸡争鹅斗闹个不停呢。其实他们的命运全都攥在公爵手心儿里呢。公爵派了精灵去惩治他们，揭露他们当年的罪行。不过最后的结局是公爵跟弟弟言归于好，自己回国重掌大印。阿隆佐也成了公爵的亲家翁。总之，结局皆大欢喜就是了。

有人说，《暴风雨》反映了诗人晚年的人生态度：一面痛恨统治者的尔虞我诈，一面又主张宽容与和解。他的思想，依旧是人文主义的。

摘下面具，口吐莲花

　　在莎士比亚以前的戏剧中，演员上场都戴着面具。善良的、凶狠的、奸诈的，也只有那么几种类型。莎士比亚却为我们创造了形形色色的生动人物：思想深刻、表情忧郁的哈姆雷特，正直勇猛却又单纯轻信的奥赛罗，功勋盖世却由骄傲中生出野心的麦克白，以及善良坚贞的朱丽叶、品德高尚的安东尼奥、手段狠毒而内心悲辛的夏洛克……无论喜剧的还是悲剧的，也无论正面人物还是反面人物，一个个都是那么有血有肉、内心丰富、栩栩如生。莎士比亚把整个世界搬上了他的舞台！

　　另外，莎氏的戏剧台词，全是用诗一样的韵文写成的。诗中句式多变、词汇丰富。有人做过统计，莎氏三十七部戏剧中，所用词汇超过一万五千个。不同的语言由不同人物口中吐出，或诙谐幽默，或悲戚辛酸，有的充满智慧、饱含哲理，有的气势磅

莎士比亚故居

礴、一泻千里，真可称锦绣文字。难怪有人说：莎士比亚仅次于上帝，因为他创造得太多啦！

"莎士比亚就是无限"

夜深了，爷儿仨都没有睡意。沛沛掐着指头算了算："莎士比亚十三岁失学，充其量不过是小学毕业。"

"可不是。"爷爷回答，"什么牛津啊剑桥啊，他都没缘。他的才能和学识，全是靠自己刻苦学习、磨炼得来的。当时的'大学才子派'挺看不上他，说一个戏园子打杂儿的，还想震撼舞台？又说他不过是只乌鸦，从才子们那儿捡了几根孔雀毛装点自个儿罢了。——他们对莎士比亚嫉妒得不行呢。

"后人却不这么看。德国大诗人歌德就说过：'莎士比亚就是无限！'法国大作家雨果说：'莎士比亚跟《圣经》、荷马是三位一体的。'其实跟莎士比亚同时代的人已经看出了他的伟大。他死时，有人写了一首挽诗：'让已故的文学家斯宾塞、乔叟和卜蒙，在陵墓里给莎士比亚腾出个位置，好让他躺得舒服点儿。'不想这首诗激怒了一个人。这人叫本·琼森，本是莎士比亚在剧坛上的对头，他觉得莎士比亚要比那三位高明多啦，于是写了一首诗歌颂莎士比亚：'得意吧，我的不列颠！你拿得出一个人，他可以折服欧罗巴全部的戏文！他不属于一个时代，而是属于所有的世纪！'这些话，句句是实。"

"莎士比亚是怎么死的呢？"源源问。

"据说诗人从1610年就退出了戏剧界。那时他已有了绅士的地位，在家乡买了房子，置了田产，算是功成名就啦。

"1616年的一天，有个朋友来看他。他一高兴，多喝了几杯酒，结果病随酒入，卧床不起。这一年的4月23日，诗人与世长辞，可惜只有五十二岁。说来凑巧，这一天刚好是他的生日。而1616年4月23日，又是西班牙小说家塞万提斯去世的日子，为了纪念文学巨匠，也为了鼓励人们读书，每年的4月23日，被后世定为'世界读书日'。

"另一个巧合是，中国的大戏剧家汤显祖（1550—1616）也是这一年过世的。东西方两大戏剧家并世称雄、同年'谢幕'，这也要算世界文学史上的奇观了。"

莎士比亚诗集书影

第 12 天

《失乐园》时代的英法文坛

英国、法国·17世纪

革命让剧场关张

"莎士比亚生活的时代，是英国戏剧的黄金时代。一座伦敦城，有许多露天剧场和室内剧院。到了夜晚，剧院门前灯火辉煌、车水马龙，每天都像过节似的。

"可是莎士比亚死后三四十年，光临伦敦的人会发现，那儿的剧院一家家都关了门。入夜时分，街头路静人稀，只有路灯发出昏黄的光，照着偶尔路过的马车和行人。——英国怎么啦？发生了什么事？"爷爷说到这儿停下来，看看沛沛，又看看源源。

"发生了革命吧？"源源回答。

"源源的历史学得真好！"爷爷夸奖说，"这场革命由1640年——也就是莎士比亚逝世后二十四年发端，一直持续了半个多世纪。先是资产阶级掌握的议会，跟代表贵族利益的英王明争暗斗，后来发展到真枪真炮动起武来。到了1649年，英王查理一世被共和派砍了头。以后几经复辟与反复辟的较量，直到1688年，英国奠定了君主立宪的国体，资产阶级才算坐稳了江山。

英王查理一世被处死

　　"新掌权的资产阶级在宗教上属于清教徒，清规戒律很多，生活也比较俭朴；那套听歌看戏的贵族式生活，当然就不'时行'啦。英国的剧院纷纷关了门，繁荣一时的英国戏剧也鞠躬谢幕，告一段落。以后欧洲的戏剧中心转移到法国。这是后话，暂且不提。

　　"不过在英国资产阶级革命的浪潮中，也淘炼出革命的文人来。下面要介绍的弥尔顿，就是一名战士兼诗人。"

眼盲心亮的诗人弥尔顿

　　弥尔顿（1608—1674）出生在伦敦一个富有的公证人家庭。他自幼好学，二十四岁在著名高等学府剑桥大学获得了硕士学位。这以后，他便在幽静的乡下别墅潜心读书，胸中酝酿着一个大计划：想要创作出一部惊世之作来。为了增长学识，他周游

弥尔顿

欧洲列国。走到意大利时，听说国内爆发了革命，便立刻回国，投入了战斗。

渊博的学识和奔放的革命热情，使弥尔顿成了共和派倚重的喉舌。查理一世被送上断头台那会儿，全国上下人心惶惶：平头百姓砍了至高无上的国王的脑袋，开天辟地，哪有这个理儿？弥尔顿及时写出小册子《论国王和官吏的职权》，从《圣经》跟古希腊政治学里找出根据，说"君权民授"，处死暴君是老百姓天经地义的权利！这一来，人们心里都踏实多了。

以后王党又请出一位大教授，写文章为理查一世喊冤。文章是用拉丁文写的，看着就唬人。弥尔顿也用漂亮的拉丁文写文章回敬，文中旁征博引，气势宏大。据说那位御用教授看了，竟气得一命呜呼，追随他的"先王"去啦。

由于操劳过度，弥尔顿患了眼疾，双目失明。后来查理二世复辟回国，对革命党掘墓鞭尸，进行报复，弥尔顿也被抓进监狱。多亏他的朋友从中疏通，他总算没被判刑。

当局命令把他写的书堆在绞刑架下烧掉，算是象征性地消灭了他的思想。可思想这东西是消灭得了的吗？弥尔顿出狱后，搬到了伦敦乡下，从此深居简出，开始了另一种形式的抗争，那武器便是文学。

弥尔顿要动笔写他那部大著作，时间倒蛮充裕，可他的眼睛却瞎了。好在他有个好女儿，他的万行史诗《失乐园》《复乐园》以及诗剧《力士参孙》，就全是凭他口授，由女儿记录下来的。

《失乐园》与《力士参孙》

《失乐园》是弥尔顿最重要的作品。全诗共分十二卷，借《圣经》里亚当、夏娃偷吃禁果的故事加以铺陈抒写。

天使的头头儿卢西弗因嫉妒上帝倚重耶稣，率领众天使造反；结果被上帝打入地狱，变作了魔鬼之王——撒旦。撒旦贼心不死，听说上帝要创造一个人类新世界，便计上心来。他悄悄来到伊甸园，潜入一条蛇的体内，诱惑夏娃偷吃了禁果，导致亚当、夏娃被逐，失去了往日的乐园。

自从《失乐园》问世，人们一直在争论：诗中的主人公到底是亚当、夏娃，还是魔王撒旦？那个反叛之神身躯魁伟、背生肉翅、手持长矛、肩扛巨盾，简直就是

《失乐园》插图

力量的化身。他公然跟上帝对抗，即便在地狱的火海里，还鼓动伙伴们牢记仇恨，东山再起。这如同隐居荒村的诗人，在倾吐自己的心声呢！诗中描写的战争场面极为壮观，双方还动用了火枪火炮，让人不禁联想起前不久的那场革命。

《复乐园》《力士参孙》跟《失乐园》一样，也是取材于《圣经》。《复乐园》写耶稣到人间为人类赎罪的故事，《力士参孙》则是一出充满力量的悲壮诗剧。

犹太大力士参孙在抗击非利士人的战斗中屡建功勋。敌人没法子战胜他，便用金钱收买他的妻子，探听到参孙力大无穷的奥秘。原来参孙的力量全都来自他的头发。于是非利士人乘他睡熟，剃掉他的头发，还弄瞎他的双眼，把他捉去做苦工。

失去了自由和光明，参孙痛苦万分，但他的意志并没有消沉。在一次宴会上，敌人逼他表演武艺，他便咬牙躬身、使出撼山的力气，撼动了大厅的巨柱。只听轰隆一声巨响，墙倒屋塌，参孙跟敌人同归于尽。这一次他杀死的敌人，比他失明之前杀的还要多！

这个双目失明的被囚英雄，不正是诗人自己的化身吗？写这部诗剧时，诗人

以《力士参孙》为题材的绘画

已经六十岁了。他目盲体衰，可笔底的诗行，却蕴藏着巨大的力量。大概他也有心像参孙那样，跟敌人来一次最后的决斗吧！

弥尔顿死于1674年，他到底没能看见英国资产阶级革命的最后成功。不过他的作品却给人们鼓了劲儿。据说他的作品销路比莎士比

参孙之死

亚的剧本还要好，他在英国诗人中，也被排在仅次于莎士比亚的位置上。

古典主义：给剧作家立"规矩"

那么17世纪时，在英国的隔海近邻法国那里，情况又如何？这会儿的法国文坛，正被崇尚古典的风气笼罩着。此时，法国资产阶级的脊梁挺得还不够直，国王的宝座坐得还很稳。路易十三做君主时，有个叫黎希留的枢密大臣，筹建了法兰西学士院，在全国挑选了四十位文化名流做院士。这以后，学士院俨然成了推行官方文化政策的衙门啦。学士院的意见，也成了法律和圣旨！古典主义就是在学士院的倡导下兴盛起来的。

怎么叫古典主义呢？它的特点是维护王权、崇尚理性、模仿古人。当然，底下的清规戒律还多着呢。例如写剧本吧，学士院就规定了一个"三一律"——也就是三个"一"：一个剧本只能有一个情节，剧情只能发生在同一地点，时间不能超出一昼夜。并说这是古希腊亚里士多德立下的规矩。其实呢，这是歪讲。

有个法国剧作家高乃依，写了一部戏剧《熙德》。戏写得很精彩，只因没照描"三一律"的葫芦，结果让学士院的老爷们好一通训斥。从此，谁也不敢轻易违背这套"紧箍咒"啦。

高乃依名剧《熙德》

高乃依（1606—1684）出生在法国鲁昂一个法官家庭，从小在教会学校念书，是个常常得奖的好学生。以后他攻读法律，当了律师，不久又在法院里谋了个职位。搞文学创作，只能算是他的业余爱好。

咱们前面提过西班牙的英雄史诗《熙德之歌》，高乃依的这部《熙德》，就是受它启发创作的。

在卡斯第王国，有个出身高贵的勇士叫堂罗狄克。他爱上了贵族小姐施曼娜。两人门当户对、郎才女貌，很是般配。可是双方家长却因官位升迁的事闹起纠纷来。施曼娜的爹爹当众打了堂罗狄克的老爹一个嘴巴。堂罗狄克虽然爱着施曼娜，可为了家族的荣誉，不得不强压着感情，提剑杀了未来的岳父。结果亲家没做成，两家人反目成仇。

施曼娜赶到王宫，求国王替死去的爹爹做主，追捕并处死堂罗狄克。堂罗狄克根本就没想跑,他亲自登门向施曼娜请罪,表白自己的爱丝毫没变;只求施曼娜杀了自己,也好让自己解脱。其实施曼娜内心也依旧爱着他,又怎么忍心杀他呢?堂罗狄克只好乘夜色逃出了仇家。

正在此时,城中大乱。原来摩尔人来偷袭京城。堂罗狄克怀着必死的决心,率领五百壮士慷慨赴敌,一战生擒了摩尔人的酋长。敌酋佩服堂罗狄克的勇猛,连称"熙德,熙德"——那意思是"我的主人"。

国王也十分赏识这员勇将,有心撮合他跟施曼娜的好事。他先试探施曼娜,谎称堂罗狄克已经阵亡。姑娘听了,立刻晕了过去。可明白真相后,做女儿的道义责任,又压倒了对心上人的万般柔情。她要求武士跟堂罗狄克决斗,说谁赢了就嫁给谁。堂罗狄克表白说:自己早就打算一死了之,上了决斗场决不还手!姑

《熙德》插图

娘听了这话，反而责备他没有勇气、不珍惜荣誉，又鼓励他只许赢、不准输。

一场激烈的决斗好不容易结束了，献上来的，却是堂罗狄克的宝剑。施曼娜以为心上人已死，悲痛万分。她哪里知道，堂罗狄克恰恰是这场决斗的赢家。在国王的主持下，他俩举行了隆重的婚礼，一对咫尺天涯的恋人，终于走到了一块儿。

前边说过，古典主义总强调理性，这出戏就是个最好的例子。论感情，这一对青年可以说是生死不渝了，可偏偏又有家族的荣誉、爹爹的冤仇、国家的利益一大堆理性的东西纠缠在里面，几乎要把一对恋人的心撕裂。虽然最后的结局是喜剧式的，人们还是习惯把这出戏称作古典主义悲剧的代表。这以后，高乃依接受了"三一律"，并当选为学士院的院士。可他再没有写出这么出色的剧本来。

法国的观众忘不了《熙德》，遇上什么美好的事，总是这么打比方：瞧，美得跟《熙德》似的！后来有个年轻戏剧家拉辛跟高乃依打擂台，结果拉辛的剧本压倒了这位前辈。可是人们怎么评论拉辛剧本上演的盛况呢？他们说：这让人想起当年《熙德》演出的情景来。——人们还是忘不了高乃依这位古典主义的奠基人啊。

《昂朵马格》：拉辛悲剧更动人

拉辛（1639—1699）也是古典主义剧作家。他从小死了爹娘，是跟着奶奶长大的。他在一所修道院里读书时，就迷上了古希腊的文学。他的悲剧《昂朵马格》《菲德拉》等，就是从希腊史诗和神话中取材的。

《昂朵马格》也有译作《安德罗玛克》的。——还记得《荷马史诗》中的特洛伊大战吗？伊利昂城的英雄王子赫克托尔战死后，他的寡妻昂朵马格连同儿

拉辛像被铸在钱币上

子被爱比尔国王皮吕斯掠去。皮吕斯看上了这个漂亮的女俘虏，一个劲儿向她献殷勤，反而把自己的未婚妻爱妙娜冷落在一旁。爱妙娜的忌妒，也就可想而知了。

希腊其他城邦听说皮吕斯保护着赫克托尔的亲眷，都心怀恐惧，便派奥赖斯特做特使，要皮吕斯交出赫克托尔的儿子，以求斩草除根。谁知特使提出的要求，倒成了皮吕斯要挟昂朵马格的筹码。他说只要昂朵马格答应嫁给他，他不但能保护她的儿子，还能替特洛伊人报仇，让她儿子重登王位；若是不答应，她儿子可就性命难保啦！——这可难坏了昂朵马格：她既不愿背叛丈夫，又难以割舍孩子；可是孤儿寡母的，又有谁能帮助她呢？

昂朵马格不愧是英雄的妻子，她打定主意：先答应嫁给皮吕斯，等皮吕斯在结婚典礼上宣誓做她儿子的保护人，她就自杀身死，保住自己的节操。

再说希腊使者奥赖斯特，他巴不得皮吕斯娶了昂朵马格。原来他是爱妙娜的旧日情人，如今还迷恋着她呢。皮吕斯若娶了昂朵马格，爱妙娜不就是他的了吗？

其实爱妙娜的一颗心全在皮吕斯身上；对奥赖斯特，她只是假意应付，因为她还用得着他。这会儿听说皮吕斯要跟昂朵马格结婚，她立即招来奥赖斯特，要他带兵去杀掉皮吕斯！奥赖斯特开头还犹豫，可听爱妙娜说事情一完便跟他走，便一口答应了。

正当皮吕斯为昂朵马格戴上王冠，又宣布她的儿子为特洛伊国王的当口，奥赖斯特带兵赶来，把皮吕斯杀死在祭坛前。爱妙娜听到消息，忽然又发疯似的责骂起奥赖斯特来。接着她就跑到宗庙里，拔出短剑自刎，倒在皮吕斯的尸体旁。

奥赖斯特呢，他有辱希腊的使命，又犯下弑君之罪，眼看情人已死，又听说民众纷纷赶来为国君报仇，他顿时两眼发直，发了疯……

《昂朵马格》被人称作法国头一部规范的古典主义悲剧。剧中的昂朵马格是个情感专一、意志坚强的女性，凭着坚贞和智慧，应付了复杂的局面。她的所作所为，既合"情"又合"理"，这也正是古典主义称颂的最高境界。而皮吕斯、爱妙娜和奥赖斯特呢，他们只顾放纵情欲，全不管国家的利益、做人的道德、为臣的责任，他们的可悲下场，全是咎由自取！

拉辛和高乃依都是写悲剧的好手。高乃依擅长写英雄，诗句也音调铿锵、气势豪壮。拉辛更善于解析人物心理，文笔细腻、委婉，富于抒情味道。两人称得上是古典主义悲剧的双雄了。

走进拉封丹的寓言世界

"法国古典主义戏剧大师的桂冠，其实应该留给莫里哀。"爷爷说道，"不过他写的大半是喜剧。关于他，明天咱们再谈，今天算是做个预告。接下来，咱们再说一位讲寓言的能手，那就是拉辛和莫里哀的共同朋友拉封丹。

《拉封丹寓言》插图

"拉封丹（1621—1695）写过戏剧、小说、散文、故事，但写得最好的是寓言诗。他一生发表了十二卷寓言，加起来有二百四十多则，大多是从希腊、罗马以及印度的寓言中取材创作的。

"寓言的主角，有不少是动物，照拉封丹的说法，这是'使唤动物教训人类'！有一则《患瘟疫的野兽》，写野兽中间瘟疫蔓延，狮子大王让众兽忏悔，然后挑出罪大恶极的杀掉，以求上天宽恕。狮子大王带头坦白，说自己吃过很多无辜的羊。好拍马屁的狐狸马上说，羊是大坏蛋，大王吃它，是给它面子哩。当然，依此类推，老虎和狗熊也都清白得很。最后轮到驴子忏悔，它说有一回饿了，偷吃了一口青草。大家立即群起而攻之，说它才是罪大恶极，最终把他送上了绞架。——你们看，这不是挺耐人寻味的吗？

"另外有个《死神与樵夫》的寓言：一个穷樵夫把沉重的柴火捆儿放在地上，坐下来休息。他想起生活的种种痛苦：一年到头不得休息，吃不好，穿不上，还得养家糊口，纳税服役，伺候大兵……想到这儿，他简直不想活了，于是喊来了死神。死神问他要干什么，他却临时改口说：帮我把柴火捆儿抬到背上来吧。——生活虽然艰辛，人总还要挣扎奋斗才行！

"拉封丹的寓言包容着整个世界，上自帝王、权贵，下至商人、农夫，还有法官、教士、骗子、恶棍……无所不及。人类的各种恶习：贪婪啊，虚荣啊，奸诈欺瞒、忘恩负义啊，全是诗人讽刺的对象。正因为把人类的品性都琢磨透了，所以他的寓言寓意深刻，格外有味儿。

"拉封丹本人拥护古典主义，自己也常常在贵族的客厅里进进出出。他的寓言诗，也应归在古典主义文学一类吧。"

第 **13** 天

喜剧大师莫里哀

法国·17世纪

"不走正路"的莫里哀

"年纪大一点儿的人，一听到'达尔丢夫'这个名字，一准儿就明白，那是'伪君子'的别名；一听说'阿巴贡'，又会笑着说：不就是那个吝啬鬼吗？——这两个典故，都出自莫里哀的戏剧。"爷爷接着昨天的戏剧话题，开始了今天的演说。

"莫里哀就是昨天您提到的那位喜剧大师吧？"沛沛问。

"就是他。他跟高乃依、拉辛一起，是法国古典主义戏剧'三杰'。莫里哀以喜剧见长，在三人中成就最高。在他之前，戏剧舞台上以悲剧为正剧，所谓喜剧，不过是幕间休息时插科打诨的闹剧。真正使喜剧成了气候的，就是这位莫里哀。

"不过'莫里哀'只是他的艺名，他的真名叫让·巴蒂斯特·波克兰（1622—1673）。他天生是演戏、编戏的材料，热爱戏剧，如同着了魔！他爹是个商人，靠着给皇家搞装修赚了大钱。爹爹一心要把儿子培养成'上等人'，不但送他进贵族子弟学校，还花钱给他买了法学硕士的头衔和律师的职位。

"可莫里哀是个扶不上墙的'浪子'，放着'正道'不走，偏要跟身份低贱的戏子们搅到一块儿。二十一岁那年，他索性把

长子的世袭权利让给了
弟弟，自己摆脱一切俗
务，一门心思去搞心爱
的戏剧！

"他跟几个志同道
合的伙伴筹建了一个戏
班，取名叫'光耀剧
团'。可这个剧团没给
他们带来多少'光耀'，
没出两三年，剧团已经
负债累累，办不下去
了。莫里哀也因债务缠
身，被送进了监狱。

莫里哀

"多亏爹爹花钱把他赎出来。可没出一年，莫里哀又跟着另
一个戏班子去了外省，这一去就是十二年！

"十二年的外省演出生活造就了这位伟大的戏剧家。当他再
回巴黎时，他的艺术才能已经成熟啦！"

喜剧险遭禁演

莫里哀回巴黎后头一个引起轰动的剧本就是《可笑的女才
子》。那是讽刺附庸风雅的资产阶级的。

在当时的贵族沙龙（即客厅）里，自命高贵的少爷、小姐们
追求一种"风雅"而又矫揉造作的语言，例如牙齿不说牙齿，要

说"口中的家具"；镜子也被说成"美之顾问"；好好的凳子，非得说成"谈话之舒适"不成……

有两个挺不错的小伙儿，向两位"高贵"的小姐求婚。可他俩笨嘴拙腮的，没学那种拿腔作势的谈吐和风度，结果当然都遭到了拒绝。

两人一生气，决计来个小小的恶作剧。他们派两名仆人装扮成侯爷模样，到小姐的沙龙里高谈阔论，信口胡扯。小姐们觉着这回是遇上知音了，不觉笑逐颜开。就在这时，两个小伙子走进来，当场拆穿了"西洋镜"；两位"女才子"只恨找不着地缝钻进去！

戏上演后，观众看得别提多开心了。可自命风雅的贵族们却有点儿脸上挂不住，于是抬出一位权威人物下令禁演。不过国王路易十四却觉着戏挺好，所以最后还是开了禁。

没隔几年，莫里哀的另一出喜剧《太太学堂》又引起了争论。这出戏写一位有钱的阿尔诺耳弗先生，打算亲手培养出一位如意太太来。他从乡下买了个只有四岁的女孩儿，把她搁到一家修道院里，指望着经过修道院的教育，把她变成只知祷告、爱丈夫和做缝纫的理想妻子。可是结果呢，阿先生的用心和修道院的教育全白费啦。十三年后，姑娘被接出来没几天，就爱上了一个年轻小伙儿，最终两人结为连理。

这出戏等于攻击教会，那意思是告诉人们：修道院是个把正常人变成白痴的地方！至于妇女的权利和地位，也由此引发人们的深思。贵族跟教会为此大动肝火，莫里哀也陪着打了好一阵笔墨官司。

《伪君子》：撕掉"圣人"的面具

接下来就要说到那出最著名的喜剧《伪君子》了。咱们开头说的达尔丢夫，就是这出戏里的主角。

巴黎有个大富商叫奥尔贡，人不错，只是头脑简单，认定的事，就一条道儿走到黑，不听劝。有一回，他从街上领回一个苦行僧。那人衣衫褴褛，光着脚丫，跟个叫花子差不了多少。此人就是达尔丢夫。

在奥尔贡看来，达尔丢夫简直就是大圣人。别的不说，就说他对宗教那股虔诚劲儿吧：每天祈祷上帝，一跪就是半天；一会儿是低头沉思，一会儿又长吁短叹，还一个劲儿去亲吻地面。奥尔贡给他零花钱，他全都布施给穷人，自己只留一丁点儿。平日哪怕捻死个跳蚤，也要自责半天，说自己罪孽深重。

奥尔贡对他崇拜得五体投地，把他当成活神仙供在家里，称他为"良心的导师"。奥尔贡若是出远门，回来后一不问妻二不问子，先要问上四五声："达尔丢夫先生怎么样啦？"在他看来，达尔丢夫的一举一动，都是那么神圣！

其实全家人——除了奥尔贡跟他老娘外，早就

《伪君子》插图

看出来达尔丢夫是个十足的伪君子、大骗子！他一天到晚什么都不干，胃口倒挺好。虽然吃饭时恭恭敬敬，不失教徒的虔诚之态，可一顿要吃两只烤鹌鹑，外加多半条小羊腿。然后他便倒在床上呼呼大睡，早上起来还要喝四大杯葡萄酒。如今他吃得白白胖胖、满面红光的，哪像个苦行僧啊！

爱丽米是奥尔贡的续弦夫人，她见丈夫鬼迷心窍，还逼着亲女儿嫁给达尔丢夫，就趁没人的时候，劝达尔丢夫别应这门亲事。不料达尔丢夫早看上这位年轻漂亮的主母了，竟抓起她的手，向她求爱！

这情形可是全让奥尔贡的小儿子看见了，他当面责骂达尔丢夫，并向爹爹去告状。可奥尔贡却宁愿相信达尔丢夫的话，反把儿子赶出家门，把他应当继承的那份儿家产全都送给了达尔丢夫。

爱丽米眼见丈夫执迷不悟，就想出一条妙计。她让丈夫藏在桌子底下，然后把达尔丢夫叫了来。奥尔贡亲眼看见达尔丢夫的丑恶面孔，这才如梦初醒。他愤怒地要达尔丢夫滚出家门，可达尔丢夫说什么？——"要滚的恰恰是你！"因为奥尔贡已把全部财产都赠给了这个恶棍，这家的主人，早已换成达尔丢夫啦。

这还不算，这条恶棍还向国王告发，说奥尔贡曾替一个政治犯保存过文件。没等奥尔贡逃走，达尔丢夫已带着侍卫官出现在他面前。达尔丢夫命令说："把这个卖国贼抓起来！"没料想，侍卫官抓起来的却是达尔丢夫。——原来国王早已明察秋毫，他饶恕了奥尔贡的过失，最终惩治了达尔丢夫这个十足的伪君子！奥尔贡除了感谢圣恩，还有什么可说的呢？

扒掉的与扒不掉的

说起来，达尔丢夫的看家本领，除了假虔诚外，就是干坏事时总能找出神圣的借口。当他无耻地向爱丽米求爱时，他怎么说呢？他说："您可是上天创造的奇迹，看见您那美丽的脸庞，我就不能不赞美造物主，您就是造物主最美的自画像……我将永远供奉您，虔心地礼拜，没有第二个人能比！"不知道的，还以为他是在唱宗教赞美诗呢。

一个苦行僧，又怎么能接受人家大笔财产呢？他也振振有词："这份财产若是落在歹人手里，不定在社会上怎么胡作非为呢！谁会像我这么心地善良，把它用在上天的荣誉和世人的福利上呢。"——这也难怪奥尔贡要受骗了！

其实达尔丢夫的伪善嘴脸也不难戳破。他头一回见着女仆桃丽娜，就掏出一块手帕说："你那胸脯露得太多啦，让人看了会产生邪念的，快用这个遮上点儿吧！"据说戏演到这儿，观众总是哄堂大笑。大家明白，是他自己心里不干净，才产生这样的念头呢。

莫里哀戏剧人物造型

《伪君子》是在凡尔赛宫的盛大游园会上首次演出的。只演了一场，就受到教会的猛烈攻击。王太后也出面支持教会，路易十四只好下令停演。巴黎大主教还贴出一张告示，说不论是谁，别说看戏，就是听听剧本朗诵，也要被开除教籍！

教会干吗这么暴跳如雷呢？因为这出戏里讽刺的，正是教会中大大小小的"达尔丢夫"啊。甚至还有人指出，达尔丢夫身上，就有某某修道院长的影子。——教会又怎能容忍公然在戏台上剥他们的伪装？

莫里哀没有低头。他三次上书向国王要求开禁，前后奋斗了五年，还为此大病了一场。后来戏总算是开了禁，可舞台上的达尔丢夫却脱下教士的黑衣，改成了俗人的身份。——然而在观众的心中，他那身教士的黑衣脱得掉吗？

《悭吝人》：为"抠门儿大家"立传

就在《伪君子》被禁演的当口，莫里哀还写出另一部喜剧名作《悭吝人》——也有译作《吝啬鬼》的。那说的是个放高利贷的老头，名叫阿巴贡。他的抠门儿算是到了家。他有万贯家财，却还整天扒拉着铁算盘。他早安排好啦：让儿子娶个有钱的寡妇；女儿呢，嫁个不要陪嫁的老爵士。自己虽然年事已高，却要娶个不用花钱的漂亮姑娘。其实他不知道，那姑娘正是他儿子的心上人。

儿子正准备借一笔"印子钱"，带上心爱的姑娘远走高飞。可是他最终发现，黑心的放债人原来就是自己的老父亲！阿巴贡

《悭吝人》剧照

的女儿其实也早有了意中人了，就是那位为了寻求爱情、投奔他家做管家的小伙子。

阿巴贡给女儿选定的老爵士来相亲，见面一谈才知道，他就是年轻管家与儿子未婚妻的亲爹！一家人失散多年，最后跑到这儿团聚来啦。最终还是老爵士答应出钱出物，抠门儿鬼阿巴贡才同意让两对年轻人结为连理。

可以说，贪财、吝啬是阿巴贡最大的性格特征。为了钱，他费尽了心思：他克扣子女的花销，吞没亡妻留给孩子们的遗产。他请客，能用八个人的饭菜招待十个人。儿女成亲，他非但不出一个子儿，还讹着亲家给他做身礼服。他最恨的就是人家伸手朝他要钱，那就像抽他的筋儿、刺他的心、挖他的五脏！

在跟儿子闹矛盾时，儿子偷去了他埋在花园里的一万块钱，这下可是要了他的命啦，听听，他在喊呢：

　　抓贼、抓贼！抓凶手，抓杀人犯！王法啊，上天啊，我可完啦，叫人暗算啦，叫人抹了脖子啦，叫人把我的钱偷啦！……我可怜的钱，我的好朋友，既然你给抢走了，我也就没了依靠，没了安慰，没了欢乐，什么都完啦！……我再也无能为力啦，我在咽气，我死啦，叫人埋啦……我要上告，要拷问全家大小：女用人、男用人、儿子、女儿，还有我自己！这么多人，我看谁都可疑，全像偷我钱的贼！……我找不着我的钱，跟着我就上吊去！

这出戏，把那些唯利是图、爱钱如命的资产者挖苦坏啦。阿巴贡这个形象，也成了法国文学中最著名的典型形象之一。

倒在《无病呻吟》的舞台上

《司卡潘的诡计》是莫里哀又一部重要喜剧。司卡潘是个身份低贱的听差，可他聪明机智，远远超过他的主人。他帮小主人赖昂德和赖昂德的好友奥克达弗成就了各自的婚事，又替两位少爷从他们的商人爹爹那儿骗了不少钱财，靠的全是他的三寸不烂之舌和一肚子"诡计"。

赖昂德的爹爹骂了司卡潘，司卡潘就设圈套捉弄他，说仇家正在寻他，让他钻进口袋里躲一躲。待老爷子钻进去，司卡潘又假称仇家已到，把老爷子痛打了一顿。

当然，他的诡计全都露了馅儿。最后他是让人抬着出场的。他的脑袋给锤子砸开了花，他是在临终前来寻求宽恕的。两位老爹因为家中正逢喜事，也就宽恕了他。他却一跃而起，原来他根本就没受伤，这又是他的一条诡计呢！

这出戏上演后，又引起一场不大不小的风波。因为在当时那个等级森严的社会里，让一个

《无病呻吟》剧照

仆人在戏台上捉弄主人，实在是尊卑颠倒、有失体统！有位学士院的院士还特意写信给莫里哀，要他少跟民众"瞎掺和"。

莫里哀跟王室的关系一直不坏，国王路易十四十分欣赏这个才华横溢的"戏子"，多次在论争中支持他，还把他的剧团收为"国王剧团"，并发给他们年金。可是莫里哀的讽刺锋芒越来越让贵族们受不了，渐渐地，国王跟他的关系也疏远了。他的最后一出喜剧《无病呻吟》本打算献给国王的，最终却决定在民间演出。

在戏里，莫里哀亲自登台，扮演主角。这会儿他已五十多岁了，还患着严重的肺病。演出前，他的妻子和朋友都劝他别再登台了，他却说：台前台后五十多张嘴全等着吃饭呢。他仍旧上了台。

他扮演的是个没病装病的角色，观众见他一会儿皱眉，一会儿咳嗽，都为他的逼真表演叫好。他们哪儿知道，病痛真的在折

磨着剧作家呢。

有人说，他最终倒在了舞台上。也有人说，他坚持到了戏的终场。总之，几个小时后，一代伟大的喜剧家，因病入膏肓，咯血不止，就那么悲剧式地离开了人间！

"我们的光荣里却少了他"

"莫里哀是一位喜剧奇才！"爷爷感叹说，"他的喜剧创作，可以说是前无古人后无来者！据说德国大诗人歌德每年都要读几本莫里哀的剧本，为的是让自己经常接触美好的东西，受到诗人那自然而高尚的心灵的熏陶。

莫里哀时代的舞台人物

"歌德还说，每次读莫里哀的作品，总能发现新的、让人惊奇的东西，并说没人能模仿莫里哀——没有胆量去模仿他。法国人一提起莫里哀，也总爱拿'无法模仿的莫里哀'来称呼他。

"巴黎法兰西喜剧院建院三百多年，单是《伪君子》一剧，就演出了近三千场，因此人们习惯上把这座剧院称为'莫里哀之家'。

"然而莫里哀刚刚去世

时，情况却不是这样。天主教教会不准为他举行葬礼，坟地也不给他一块。闹得连路易十四也觉着这样太过分了。最终巴黎大主教总算点了头，准许他在天黑后下葬，而且只准埋在一个小孩子的墓地。不久，他的坟就给平掉了。

"莫里哀身后萧条，什么财产也没留下。可他为世界舞台留下了三十几部喜剧杰作，这可是无价之宝。传说路易十四曾问学士院的一位权威，在他统治期间，谁在文学上给他带来了荣誉，那位权威回答说：莫里哀！

"后来，本不愿承认一个'戏子'巨大成就的法兰西学士院，也不得不给莫里哀立了一尊雕像，下面刻着：'他的光荣什么也不少，我们的光荣里却少了他！'"

第 **14** 天

『百科全书派』的学者作家

法国·17—18世纪

光明世纪，百科启蒙

"昨天您说到的路易十四，好像还挺开明？"沛沛问爷爷。

"路易十四（1638—1715）在位时，确实干了一些好事，例如推动工商业的发展等。可是穷兵黩武、大兴土木的事也没少干。豪华无比的凡尔赛宫，就是他下令建造的。他还在法国实行专制统治，自称'朕即国家'。法国人称他为'太阳王'，还把他统治下的17世纪称为'伟大的世纪'。"

法国凡尔赛宫

　　"这倒挺有意思。"源源说，"法国的18世纪是不是也有什么特别的称号呢？"

　　"18世纪被称为'光明世纪'，因为启蒙运动就是在这个世纪里兴起的。'启蒙运动'是指继文艺复兴之后，资产阶级掀起的又一场思想文化运动。启蒙就是要用知识和理性擦亮人们的眼睛，启发人们摆脱中世纪的蒙昧，走向光明。

　　"资产阶级宣传家们提出人权的口号，打出自由、平等、博爱的旗帜，朝着封建势力和教会发动猛烈攻击。运动的中心在法国，打头儿的几位学者——伏尔泰、狄德罗、孟德斯鸠、卢梭等，十分羡慕英国革命后的国家体制。正赶上当时有位书商要把一部百科式的英国大辞典翻译成法文，狄德罗觉着这是个宣传主张、传播知识的好机会，就约请伏尔泰、卢梭等众多学者、科学家，共同编写一部《百科全书》。这些人因而成为启蒙运动的主将，被称作'百科全书派'。"

《百科全书》的编纂者们

孟德斯鸠的《波斯人信札》

"百科全书派"的这几位学者，同时又都是文学家。先说说孟德斯鸠（1689—1755）吧，他是贵族出身，继承伯父的爵位，做了男爵。他本人干法律这一行，有个法院院长职位，也是世袭的。以后他把这个职位卖了一大笔钱，经营起葡萄酒生意。

孟德斯鸠曾花了二十年的时间，写出一部法律专著《论法的精神》。书中称赞英国的君主立宪制，还提出"三权分立"的学说。也就是把立法、司法和行政彼此分开，让它们相互监督、制约，以保证公民的自由。他的这种学说，对后来的资产阶级政治影响很大。

书信体小说《波斯人信札》是孟德斯鸠的重要文学作品。书中借两位波斯贵族之口，对巴黎的种种世态做了讽刺：官场上买卖官爵，贵族骄奢淫逸，社会上风气败坏、骗子横行，宗教生活黑暗、虚伪。——这些现象由局外人看去，显得格外荒唐。

在《波斯人信札》中，路易十四被称为"大魔术师"。说是倘若国库里有一百万块钱，而他要花二百万块，只需告诉臣民

《波斯人信札》中译本

"一块顶两块用"就是了。结果他的"魔术"搞得国库一空如洗，老百姓也都遭了殃。——其实这哪里是波斯贵族的见解呀，分明是孟德斯鸠本人对专制政体的批评！

孟德斯鸠的这两部书，在咱们中国早就有了译本。清末思想家严复翻译了《论法的精神》，译名为《法意》。《波斯人信札》则是清末翻译家林纾翻译的，还取了个好听的名儿叫《鱼雁抉微》。

孟德斯鸠三十九岁时被选为法兰西学士院院士，这可是法国文人的最高荣誉了。不过"百科全书派"里获这个头衔的不只他一个，还有鼎鼎大名的伏尔泰（1694—1778）。

伏尔泰与《老实人》

法国和瑞士边境上有个小镇叫菲尔奈，伏尔泰晚年在那儿盖了一所大庄园，过着隐居生活。他把隐居的地方选在这么个偏僻的地方，是为了一旦官府来逮他，好立刻逃出国境。然而他一住下，国内国外的信件便像雪片儿似的飞来。跟他通信的有七百多人，有人统计说，伏尔泰是一生写信最多的人，足有二十一万封！单是保存下

伏尔泰

来的信件就有一万多封。这个不起眼儿的小地方一时间成了欧洲的舆论中心，人们因此把伏尔泰尊为"菲尔奈教长"。

说起来，伏尔泰可以称作法国启蒙运动的领袖和导师啦。他是一位巴黎公证人的儿子，自幼聪明过人，上学从不用功，成绩却出奇地好。以后他学习法律，先后当了外交官和史官，到过英国和德国。他考察了英国的政体，还研究了先进的哲学思想和物理学成就，之后便不断写书鼓吹自由思想，攻击法国封建势力及教会。官府恨透了他，可他在进步人士中的威信，却是越来越高。

在文学方面，伏尔泰写过诗歌、剧本，还有几部哲理小说：《查第格》《天真汉》以及最有名的《老实人》。

"老实人"没名没姓，住在一位德国男爵的府上。他头脑简单，心地善良，对府中教师葛罗斯佩服得五体投地。葛罗斯有一套高妙的理论，说是世上一切皆善，万事的结局必然美满。

可不久"老实人"就被赶出府去。因为侯爵发现，这个平民出身的小伙儿，竟爱上了侯爵小姐。这一回，"老实人"不愁没机会了解这个世界啦。他先是被抓了丁，在军队里挨打受罪，还亲眼看见军人屠杀、奸淫、掳掠等种种罪恶。以后他侥幸逃脱，又遇上形形色色的歹人、骗子，还差点儿被宗教裁判所当成异教徒烧死。他所爱慕的侯爵小姐呢，由于战乱，家破人亡，最终成了个洗衣妇，早给生活折磨得不成样子啦，可"老实人"最终还是娶了她。

那位鼓吹"一切皆善"的教师葛罗斯怎么样了？他吃尽颠沛流离的苦头，还染上恶疾，鼻子也烂掉一半。这回看他还唱不唱高调！不过"老实人"也不信服另一位哲学家"人性本恶，永不会改善"的论调。最终他跟几个伙伴结成一个小团体,买了一小块地,种田谋生,自食其力。他们发现,努力劳作可以免除三大祸害:烦闷、纵欲和饥寒。

在小说中,"老实人"还到过一处黄金国。那儿铺路不用石头,用的全是金块和宝石。百姓们也都穿绸挂缎,住在宫殿似的房子里。国王招待老百姓,跟接待老朋友似的。这就是伏尔泰心目中的"桃花源""乌托邦"啊。

伏尔泰晚年回到巴黎,受到迎接英雄凯旋式的欢迎。在他死后,巴黎人为他树立了铜像,上面的题词是:"他教导我们走向自由!"

狄德罗:弄假成真写《修女》

伏尔泰替《百科全书》撰写了部分哲学、历史条目;而哲学条目的另外部分,则是由《百科全书》的主编狄德罗亲自撰写。狄德罗(1713—1784)组织编纂这部大书可真不容易,他要把这部书变成总结科学艺术成果、宣传启蒙思想的有力工具。他差不多把当时各种知识领域里的最杰出人物都动员起来,为《百科全书》写出第一流的书稿来,他自己写了一千多篇文章和条目。

官府和教会千方百计阻挠《百科全书》的编写出版,有的学者半路上打了退堂鼓。可狄德罗却坚持着,整整苦干了二十年,共出版了三十七卷。他的血汗没有白流,这部书影响并改变了一代人的思维模式,为启蒙运动做出了巨大贡献。狄德罗对美学也很有研究,真、善、美三位一体的理论,就是他首先提出来的呢。

古典油画中的修女形象

狄德罗还写过小说，代表作是《修女》和《拉摩的侄儿》。《修女》写一个名叫苏珊的姑娘，本是阔人家的私生女。家里怕她长大后跟姐妹们争遗产，从小就把她送进修道院，那可是女孩子的坟墓啊。

苏珊不甘心就这么毁掉一生，便向法院提出上诉，要求还俗。不想法院竟不批准。不过她到底逃了出来，隐姓埋名，靠打工度日，成了不受法律保护的人。她写信给一位同情她的侯爵，请求他搭救。这部小说，就是苏珊写给侯爵的自述。

《修女》是照真人真事写的，当时真有个修女为恢复自由而打官司，也确实有位开通的侯爵同情她、帮助她。这位侯爵恰是狄德罗的一个朋友。以后侯爵接到修女一封信，信中说她已逃出修道院，希望侯爵能回巴黎帮助她。侯爵跟她通信长达半年，以后听说她死掉了，通信才终止。

又过了好几年，侯爵才得知，那修女根本没离开修道院，是他的朋友狄德罗为了把他骗回巴黎，假借姑娘的口气写信给他。狄德罗本来想跟朋友开个玩笑，可是弄假成真，自己反而陷进自己编的悲惨故事里。他决心写一部小说，让大众都知道修道院里的黑暗，《修女》这部小说就这样问世了。

狄德罗出生在一个刀剪作坊主家庭。年轻时，他爱上一个比他大十六岁的女子。父亲反对这门亲事，把他关进修道院。后来他偷偷跑出来，到底跟那女子秘密结了婚。——看来他的小说还有着切身感受呢。

《拉摩的侄儿》，"笑得最好"

狄德罗的另一部小说《拉摩的侄儿》，采用了风格独特的对话体。对话的双方，分别是大哲学家"我"和一位落魄的音乐家——他自称是大作曲家拉摩的侄儿。

拉摩的侄儿很有音乐天才，人又极端聪明。可是他没有职业，穿得破破烂烂，整天泡在咖啡馆里，吃了上顿没下顿。有时他也到贵族家中教点儿音乐什么的，要不就赖在有钱人家里不走，讲笑话、扮小丑、阿谀奉承，只是为了在餐桌上猛吃一顿。有了点儿钱，他就打扮起来，扑着粉，卷着发，穿起漂亮衣服，神气活现，玩世不恭。

这是个畸形的混合体，高超与鄙俗、才智和愚蠢、邪恶与坦白，全都搅和在一块儿了。其实他自己也骂自己"不识羞耻"，是"无赖""骗子""馋痨"，可是他又觉着：当个大恶棍也是件挺有趣的事。

说起来，这个怪人正是那个不合理的社会造就的。他不是不分好歹的人，他所受的教育告诉他：好名声比金腰带还贵重。但生活却告诉他：有好名声的反而没有金腰带，有金腰带的却都有好名声。这又怎能让他不学坏呢？

经过一番辩论，拉摩的侄儿说了句：谁笑到最后，谁笑得最好。——他一点儿也不想改变自个儿的生活态度，他的灵魂，是彻底让这个社会腐蚀掉啦。

卢梭：人格重于金钱

"百科全书派"里最为愤世嫉俗的一位，就要数卢梭了。卢梭（1712—1778）祖籍法国，却出生在瑞士的日内瓦。他自幼死了娘，爹爹是个钟表匠，爷儿俩都爱读书，常常一读就是一宿。他爹算是他的启蒙老师了。

卢梭从小任性，十四岁时在店铺里当学徒。有一回去郊游，乐而忘返，见城门关了，索性不辞而别，开始了流浪生活。这以后他当过店铺的伙计、贵族的随从。不久有位贵妇人收留了他。

卢梭

他在贵妇人府上饱读天文、地理、数学、历史、哲学等各种书籍，就算是上了大学。

卢梭很有音乐天赋，还发明了简谱。以后他去了巴黎，靠着教音乐、抄乐谱维持生活。认识了狄德罗以后，他就给《百科全书》撰写音乐方面的稿子。

在狄德罗的鼓励下，他还写了一篇政论文去参加第戎学院的征文比赛；结果文章入选，这个小人物也出了大名。连国王都知道他的名字，要颁给他年金。他却拒绝说：拿了人家钱，就不好保持人格独立、讲公道话啦！——由这儿也可以看出卢梭的为人来。

他写过好几部小说，有《新爱洛绮丝》《爱弥儿》，还有一部自传体的《忏悔录》。《爱弥儿》是讨论教育问题的哲理小说。书中说，穷人接近自然状态，因而没必要受教育。贵族和富人背离自然状态，受教育的应该是他们！

书中还否定"至高无上的神"的存在，所以书一出版，立刻遭到官府和教会的禁毁，卢梭也不得不逃往瑞士。可瑞士同样在烧他的书，他又跑到普鲁士，接着逃到一座岛上。就是这座小岛，也依然不准他存身。他就这么东藏西躲，精神受到很大刺激，有一阵子，几乎完全失常了。他跟"百科全书派"的朋友们也都吵翻了，他是在孤独与不幸中度过余生的。

书信体小说《新爱洛绮丝》

小说《新爱洛绮丝》讲的是这么个故事：有个才貌双全、品行端正的年轻人圣普乐，在男爵家当家庭教师，跟男爵小姐朱丽偷偷相爱了。可男爵却逼着朱丽嫁给五十岁的老头子沃尔玛。事情明摆着：沃尔玛是有钱的俄国贵族，而圣普乐却是不名一文的平头百姓！

朱丽大病一场，被迫嫁给了沃尔玛。圣普乐也不得不离开男爵府，隐居在一座小山村里。好在沃尔玛人还宽和，他听了朱丽

《新爱洛绮丝》插图

的坦白，不但不歧视她，还把她跟圣普乐生的小女儿当成自己的孩子。女儿长到六岁时，他又把圣普乐请到家里来教孩子，朱丽又能跟圣普乐朝夕相见了。

可是这比不能见面还难受。两人极力克制着内心的感情，装出平静的样子。有一回朱丽跟圣普乐在湖上荡舟，大风把他们的小船吹到圣普乐先前隐居的小山村。朱丽看见山石上到处刻着自己的名字，又听着圣普乐讲述那段受煎熬的岁月，她的心都要碎啦。

不久朱丽便一病不起。临终时她把子女托付给圣普乐，说：我去等着你了——让我们在人世间分手的道德，会让我们在天上团聚的！

小说采用的是书信体，因而特别适宜表达丰富细腻的心理活动和牵肠挂肚的伤感情调。读者在替主人公感伤叹气的同时，自然就会联想到等级制度的可恶与不近情理。

书中还有不少对清新自然风光的描写。——卢梭本人酷爱大自然,相传他在流亡途中,衣食无着,可只要看到秀美的自然风景,就呆呆地站在那儿,忘记了一切!

《忏悔录》:个性解放的宣言书

到了晚年,由于许多老朋友都误解自己,卢梭决心写一部自传,来表明心迹。这就是那部著名的《忏悔录》。

别人写自传,谁不是往自个儿脸上贴金呢?卢梭却不。他从自己落生写起,一直写到五十岁为止,把自己一生的得失荣辱、争光的事和丢脸的事,统统写了出来,甚至小时候如何偷过东西、撒过谎、做过损人利己的事,连同后来的爱情隐秘,也都和盘托出,决不遮遮掩掩。

他在书中说:把我的同类叫来,听听我的忏悔。假使让他们一个个像我一样地袒露内心,谁又敢说:我比这个人更好?——的确,卢梭在书中暴露出自己的丑陋,非但没能损害他的尊严,反

《忏悔录》插图

而让人觉得他更可敬。后来的人便把《忏悔录》称作"个性解放的宣言书"。

作为一位思想家，卢梭还写过好几部重要的理论著作，像《论科学与艺术》《论人类不平等的起源和基础》，还有《民约论》。在《民约论》里，他提出"民主"的口号来，同封建专制对垒。其中"天赋人权""自由平等"和"主权在民"等思想，对法国革命的《人权宣言》以及美国的《独立宣言》，都有着很大影响。——这个钟表匠的儿子，最终推动了人类历史前进的时钟，他可以说是一位最伟大的"钟表匠"了！

"法国大革命从《费加罗的婚礼》开始"

源源看看沛沛，说："咱们不知道的人和事真是太多了！"

爷爷像是没注意他的话，接着说："其实这会儿法国的文学界，还有一位钟表匠的儿子，叫博马舍（1732—1799）。他从小跟着爹爹修钟表，后来进宫担任了公主的提琴教师，不久又跟人合伙做买卖发了大财。他是个敏锐而又多才多艺的人。

"博马舍从三十几岁写剧本，最有名的是《塞维勒的理发师》和《费加罗的婚礼》。这两出戏的主人公是同一个人——理发师出身的小人物费加罗。在前一出戏里，他帮助过去的主人伯爵，赢得了贵族小姐罗丝娜。到了后一出戏中，费加罗当了伯爵的仆人，又开始跟伯爵'斗法'。

"原来费加罗要跟伯爵夫人的使女苏姗娜结婚，可好色的伯爵却一个劲儿打苏姗娜的主意。不想这会儿苏姗娜却主动写信约

《费加罗的婚礼》剧照

伯爵在花园里见面，伯爵的高兴劲儿就别提了。

"到了夜里，伯爵来到花园大树下，果然看见披着婚纱的苏珊娜。他向苏珊娜大献殷勤，姑娘却躲进了亭子里。转眼伯爵却看见费加罗正跪着向伯爵夫人求爱呢，气得伯爵狂喊要报仇！

"这当口参加婚礼的人们打着火把赶来，伯爵这才明白，'苏珊娜'是伯爵夫人装扮的，而'伯爵夫人'呢，当然就是苏珊娜啦。伯爵当场出丑、狼狈万分。费加罗却高兴坏了，这可是他最欢乐的一天啊！

"不过这出刺痛封建贵族的戏，一出来就遭到禁演。博马舍依靠舆论的力量跟官府斗争了六年，这戏才开禁。据说上演的时候，老百姓都跟过节似的。

"贵族们为什么这么害怕这出戏呢？听听剧中费加罗的一段独白吧。他想到伯爵的阴险，非常气愤，自言自语说：

　　因为您是个大贵族，您就自以为是伟大的天才。门第、财产、爵位、高官，这一切都让您这么扬扬得意的。其实您干过什么，配有这么多的享受？您只是在走出娘胎时使过点儿力气，此外您还有什么了不起？……至于我嘛，淹没在无声无息的广大人群里头，单是为了生活而不得不施展的学问和手腕，就比一百年来统治全西班牙的还要多——而您却想跟我争夺果实！

你们听听，老百姓直接向贵族们挑战了。不然法国大英雄拿破仑怎么会说'法国大革命是从《费加罗的婚礼》公演的那天开始的'呢！"

鲁滨孙、格列佛的漂流传奇

英国·17—18世纪

《赵氏孤儿》打动欧洲

沛沛问爷爷："我记得您曾说过：中国元杂剧中有一出《赵氏孤儿》，曾被一位法国人改编，演出后很受欢迎。那人就是您昨天说到的伏尔泰吧？"

"不错。这戏最初是由一位法国传教士介绍到欧洲的。欧洲人第一次见识中国戏剧，况且还是四百年前的作品，都惊讶得不得了！于是伏尔泰就把这部戏改编成《中国孤儿》，只是把故事背景由春秋时期改成元代而已。

"其实在伏尔泰前边，还有个叫哈切特的英国人，他才是头一个改编这本戏的人呢。不过他在改编时，独出心裁地把大奸臣屠岸贾改成了汉代丞相萧何，把孤儿赵武改成了清朝皇帝康熙，忠肝义胆的公孙杵臼呢，变成了大哲学家老子！这可真有点儿'关公战秦琼'的味道啦！

"哈切特、伏尔泰改编《赵氏孤儿》的时候，正当18世纪中叶。那会儿中国刚好是清代，乾隆皇帝正悠然自得地统治着他的万里江山呢。"

爷爷喝了口茶，接着说："今天咱们就来说说英国。英国的启蒙运动开展得也挺红火，只是法国的启蒙运动兴起在法国大革命之前，英国的呢，却兴盛在英国资产阶级革命之后。英国思想家们用各种形式宣传他们的主张，其中办杂志、写小说，也是重要的宣传手段。"

人定胜天鲁滨孙

再说说那部更畅销的小说《鲁滨孙漂流记》吧。他的作者是英国作家笛福（1660—1731）。他是个屠宰业老板的儿子，没上过大学，年纪轻轻便操持买卖。可后来赔了本，不得不绞尽脑汁到处赚钱还债。将近四十岁时，他开始写书、办杂志。

笛福笔头儿很快，据说他同时为二十六家杂志撰稿，先后出版过二三百个小册子。——不过让他的名字传遍世界的，还是那部《鲁滨孙漂流记》。

小说用第一人称讲述，书中的"我"便是主人公鲁滨孙。他年纪轻轻，雄心勃勃，不甘心像他父亲那样守着小家庭过安稳日子，只喜欢东游西闯，到处冒险赚钱。有一次他乘船出海，中途遭遇风暴，满船人只活了他一个，孤零零爬上了一座荒岛。

经历了恐惧与绝望，鲁滨孙开始静下来思考。他认定：呆坐着空想只能一事无成，他得行动起来。他先是游到搁浅在水中的沉船上，搜罗一切可以利用的东西：食品、衣物、工具、枪支、火药……然后临时扎了个简易木筏，把这些物资一趟趟搬到荒岛上。——幸亏他抓紧时间拼命干，十几天后又一场风暴袭来，那艘大船竟被打得无影无踪！

《鲁滨孙漂流记》插图之一

开头，他爬到树上过夜，以防野兽袭击，但毕竟不是长久之计。他决心给自己安个家。他在峭壁下选了一块儿平地，拿木桩筑起一道结结实实的栅栏，又用船上的帆布支起一顶保证不漏雨的帐篷。然后又在岩壁上挖了深深的洞穴，用来储存他的大批物资。

想着容易，可干起活来，连把趁手的铁锹都没有。唯一的铲土工具，是一把用斧子砍成的木锨。造屋工作也因此旷日持久，干了大半年才初见成效。

住的问题算是解决了。吃的呢？虽说从大船上运回不少饼干，但总有吃光的一天啊。好在岛上跑着成群的野羊野兔，林中又有各种飞鸟；水中不但有鱼，还有一种大鳖，肉味尤其鲜美。鲁滨孙每日扛枪射猎，不愁没肉吃。他还采摘野葡萄晾成干儿，又驯养野羊。

有一回他在地上发现几株大麦苗，那是他为了腾空一个口袋，抖在地上的麦粒长成的。经过几年的反复种植，他开始有粮食吃，还无师自通地学会了烤面包。

不过开头几年，他只能吃"烧烤"，因为没有煮汤的锅子。以后他试着用陶土捏成罐子，几经试验，终于烧出大大小小的陶罐陶瓶，生活也方便多啦。

他闲不住，又在自己的"城堡"之外另外选地建造了一处"别墅"，并开发了养殖场，常年养着三四十只羊。——靠着一双手，他不愁吃、不愁喝，俨然成了荒岛上的国王！

故事发展到后来，鲁滨孙还收留一个当地土人，取名叫"星期五"。又帮一位美国船长降伏了哗变的水手……最终他结束了二十八年的荒岛生活，重回人类社会。

"现代新闻报道之父"——笛福

写这部小说时，笛福已年近六十。他是怎么想到写这样一部小说呢？原来，有一天他在《英国人》杂志上读到一篇特写，说有个苏格兰水手因与船长发生冲突，被遗弃在一个荒岛上。四年后他被过路的船只救起，已经形同野人，不会讲话，光着脚撵兔子，跑得比狗还快！——这则报道给笛福带来灵感，于是他奋笔疾书，很短时间内就完成了这部小说杰作。

不过在笛福笔下，主人公鲁滨孙并未退化成"野人"，而是凭借自己的意志力，始终保持着清醒的头脑，理智地面对一切。譬如他刚到荒岛上，内心惶恐，几近绝望。可是他通过记日记，让自己冷静下来。他权衡眼前的处境，从利弊两方面思考：往坏处想，自己被困荒岛，看不到重返家乡的希望；好处呢，则是自己还活着，不像同船的伙伴，已经淹死在大海里！坏处是自己与世隔绝，像是流放犯；好处是至今还没被饿死，又获得大批物资。坏处是没有足够的衣服；好处是身处热带，有衣服也穿不住……

此外，他选择驻地时，脑子里先有清晰的规划：一要有淡

《鲁滨孙漂流记》插图之二

水；二可以遮阳；三能躲避野兽或野人的侵袭；四能看见大海，以便万一有海船经过，自己不会错失获救的机会。

他还有个优点，就是擅长动手，从不惜力，有足够的毅力和耐心。困难往往超乎想象，由于缺乏工具，他要制造一块木板搭储物架，只能用斧子砍一棵树，再用四十二天的时间把它削成木板——若是有锯子，两个人只需半天就能把这棵树分解成六块木板！

由于缺乏经验和算计，他也干了不少白费力气的蠢事。例如在第四个年头，他奋战半年，把一根巨大的树干凿成一只独木舟，足能承载二十多人！可完工后才发现，他根本无法把这大家伙弄到海里去！以后他吸取教训，又造了一条小一点儿的，并挖了一条半英里长的运河，总算实现了驾船出海的心愿。——可这一工作足足耗去他两年的光阴！

读者从这个冒险家的身上，看到了人的力量。这个"人"，不再是中世纪听天由命、受人愚弄的小百姓；而是有手有脑、为着信念焕发出全部才智和力量的新型的人！——鲁滨孙的形象鼓舞了为发财致富而奋斗着的人们，据说当时很多人的枕头底下，都压着一本卷了角儿的《鲁滨孙漂流记》！

笛福的另一部小说《摩尔·弗兰德斯》，写一个"荡妇"的故事。那是个女贼的女儿，出生在监狱里。她这一辈子，处处被人欺骗、抛弃，她也到处骗人、偷窃。可她的本性却始终是天真的、善良的。

笛福的小说，多半都有根有据。譬如《鲁滨孙漂流记》就是根据真人真事加工而成的。加上他在新闻界所做的卓越贡献，他因此被人们誉为"现代新闻报道之父"。

斯威夫特的"小人国游记"

几乎跟笛福同时的，还有一位小说家斯威夫特（1667—1745），他的那部《格列佛游记》，被孩子们称为"小人国游记"。这书写的也是个沉船幸存者的故事，但跟《鲁滨孙漂流记》的风格截然不同。

小说主人公格列佛是个外科大夫，为人正直善良。一次他乘船远航，轮船中途触礁沉没，格列佛只身一人游到岸上，昏昏沉沉地睡着了。等他醒来时不觉大吃一惊：他已被从头到脚捆在地上，稍一动弹，就有无数小箭向他猛射！原来他已成为小人国的俘虏，那里的人只有几寸高！

小人儿们用了一千五百匹马，才把格列佛这个庞然大物拉到京城，献给国王。老百姓都跑来看这个巨人，那情景真是热闹极了。

《格列佛游记》插图之一

后来格列佛帮助小人国抵御另一个小人国的侵略，他一个人冒着箭雨，把对方的五十艘战舰一下子都拖了过来！可是后来小人国要借助他的力量去侵略对方，格列佛却出于正义，不肯帮这个忙。他最终投奔了对方，在几千军民的帮助下，修好一条救生艇，又带了一群小牛小羊做食物，平安回到了英国。

其实这部饶有趣味的小说是一部政治讽刺小说。例如在小人国里，挑选官员的标准，是看他能不能在悬空的绳子上跳舞。至于党派之间的争论，是由该穿高跟鞋还是矮跟鞋引起的。而两国间的战争，则发端于一场吃鸡蛋先敲小头还是大头的争论！——现实社会的党派之争、国家不和，常常也是由一些鸡毛蒜皮的小事引发的啊。

故事到这儿还没完。格列佛后来又几度出洋，到过大人国、飞岛、巫人岛、马国等。大人国的国民跟教堂塔尖儿那么高，格列佛被一个农夫捡去后，就睡在洋娃娃的摇篮里。农夫还把他带到各地去展览，最后又把他卖给了皇家。

格列佛沾沾自喜地向大人国国王介绍英国的制度和历史，国王却说，你们英国近百年的历史，不过是一大堆的阴谋、反叛、暗杀、屠戮和摧残罢了！

格列佛最后到了马国。刚一到那儿，他就受到一群四肢着地的人类的攻击。幸亏来了一匹马，才替他解了围。原来在这个国家，马才是有理性的高尚动物，"人"则是一群毫无灵魂的畜生！

格列佛向马讲述了英国的情况：女王是如何奢侈，人民是如何悲惨，首相是多么卑鄙无耻，律师又怎样颠倒黑白……马听

《格列佛游记》插图之二

了说：你们的所谓"理性"，只能助长罪恶！

后来格列佛回到英国，见到人就反胃，相反，跟马倒觉着挺亲近……

《格列佛游记》的作者斯威夫特本来就是位政论家。他出身贫苦，落生前七个月父亲就故去了。他年轻时在柏林大学读过书，后来做了英国首相的亲信，还常替女王起草讲演稿。

不过他出生在爱尔兰，不满意英国政府对爱尔兰的盘剥。一次他在聚会上跟英国驻爱尔兰总督的夫人聊天，夫人说："爱尔兰的空气可真好！"斯威夫特马上把手指放到嘴上，压低声音说："看在上帝的分儿上，请夫人回英格兰后千万别讲这样的话，否则他们很快就会为这里的空气征税了！"

菲尔丁：警察厅厅长舞文弄墨

在这一时期的杰出小说家里，还有一位菲尔丁（1707—1754），他自称自己是个小学生，而他的老师，则是从古到今的文学巨匠：阿里斯托芬、塞万提斯、拉伯雷、莫里哀、莎士比亚、斯威夫特……从老师看学生，我们知道他是倾向于幽默、讽刺的这一派。

菲尔丁出生在一个没落的贵族家庭，曾在荷兰莱顿大学读书，但因生活所迫，中途辍学到伦敦去寻出路，并开始写剧本。后来他从妻子的陪嫁里继承了一座小剧场，写剧本更成了他的专业。

他写了不少政治讽刺剧。例如其中一部戏写政府官员们讨论如何弄钱。有人建议征收"知识税"，另一个反对说：有知识的人能有几个呢？若是征收"无知税"，倒可以大发一笔！剧中还描写货物大拍卖的情景：一件"政治上的诚实"只卖五英镑；另一件更惨：一颗"良心"只卖一先令！——这可是直接讽刺统治者呢。

菲尔丁小说插图

不久，他的剧场被封了门。菲尔丁于是转而办杂志、学法律，后来当上律师，还担任过第一任伦敦警察厅厅长，训练了最早的一批警探。遍观世界文坛，"舞文弄墨"的警察厅厅长，他大概要算独一份儿了。

菲尔丁还写过长篇小说，如《大伟人江奈生·魏尔德传》和《阿米丽亚》，都是抨击社会的作品。他也因在小说上的成就，与笛福、理查逊同被誉为英国现代小说的三大奠基人。

《汤姆·琼斯》："小说里的《荷马史诗》"

就来看看菲尔丁那部最有名的小说《汤姆·琼斯》，那是他在四十岁头上写的，书名又译作《弃婴汤姆·琼斯的故事》。

不错，汤姆·琼斯是个弃儿。——乡绅奥武绥从伦敦回到乡下，意外地发现自己床上放着个婴儿。奥先生收养了这个没爹没娘的孩子，给他取名儿叫汤姆·琼斯。后来奥先生的妹妹生了个男孩儿布力菲，也送到舅舅这儿一块养着。

小汤姆是个诚实、豪爽的孩子，虽说有时做事有点儿不靠谱，可心地却是再善良不过。布力菲却正相反，嘴里净说漂亮话，却是一肚子的阴险诡诈。结果呢，大家都说汤

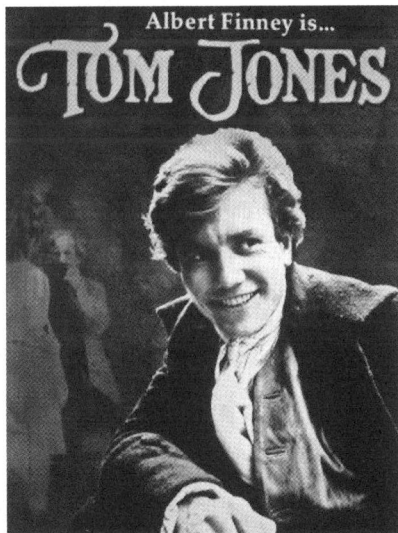

根据《汤姆·琼斯》拍摄的电影海报

姆这孩子游手好闲、不可救药，布力菲倒成了品行端正的好孩子样板儿啦！

两个小伙儿不约而同爱上了邻家的女孩儿苏菲亚。有一回苏菲亚的马脱了缰，为了救她，汤姆的胳膊都摔断了！从此，这一对少男少女的心里，都种下了爱情的种子。——可苏菲亚的爹爹却不愿招一个弃儿做女婿，老头儿看上了布力菲。

布力菲明白，姑娘的心里根本就没他！出于嫉妒，他便在舅舅跟前说汤姆的坏话，说是老爷子生病时，汤姆又喝酒又唱歌的，别提多高兴啦。奥先生一生气，把汤姆赶出了家门。

汤姆无家可归，开始到处流浪，途中经历了种种惊险。有一回，他从强盗手里救出一位沃斯特太太，谁知此人是个风尘女子，两人来到一座旅馆里住下。刚好苏菲亚不愿跟布力菲成亲，瞒着家里逃了出来，也住在这家旅馆里。她听说自己所爱的人竟跟风尘女一块儿鬼混，一气之下，留下个字条儿，去了伦敦。

汤姆见到字条儿，后悔不迭，赶忙去追。他追到苏菲亚一位亲戚的家中，谁知那亲戚是个品行不端的贵妇人。她看上了汤姆这小伙儿，一个劲阻挠他跟苏菲亚和好，还变着法儿要把苏菲亚嫁出去。幸亏苏菲亚的爹爹赶来找闺女，贵妇人的阴谋才没能得逞。

这时汤姆却因在决斗中伤了人，被关进监狱。风尘女沃斯特太太来探监，汤姆的伙伴认出了她，原来她就是奥先生家的女仆珍妮，人们曾怀疑汤姆是她的私生子，因而把她赶出了村子。

奥先生这会儿带着布力菲来跟苏菲亚完婚。沃斯特太太——也就是女仆珍妮，向奥先生透露：汤姆其实是奥先生的妹妹同一个大学生的私生子。也就是说，汤姆跟布力菲本是同母异父的兄弟！

其实布力菲早就知道这事，可他把娘临死时留下的遗书烧啦！

此时，汤姆冤情大白，已被释放出狱。奥先生宣布汤姆是自己的亲外甥，并立他为继承人。这回轮到阴险虚伪的布力菲被赶出家门了。汤姆跟苏菲亚历尽艰辛，终成眷属。结婚那天，邻里们全来祝贺，奥先生家一派喜庆欢腾！

在小说中，弃儿汤姆·琼斯是作者着意刻画的人物，他热情洋溢、血肉饱满，缺点跟优点一样可爱！——菲尔丁说，他是照着人的真性情去描摹这个青年的。而布力非则恰好是汤姆的反面：利欲熏心却道貌岸然。有他反衬，更显出汤姆的真诚和厚道来。

后来的评论家称赞《汤姆·琼斯》情节完美，说它的结构是英国小说的典范。法国小说家司汤达评价更高，说《汤姆·琼斯》堪称小说中的《荷马史诗》"！

理查逊小说《克拉丽莎》

源源问："您刚才说到英国现代小说三大奠基人还有个理查逊，他写过什么作品？"

爷爷挥了两下蒲扇说："理查逊（1689—1761）比菲尔丁还要早生几年。他家境贫寒，从小当学徒，后来开办过印刷厂。他的小说《帕美勒》被文学史称为第一部现代英国小说。

"帕美勒是谁？她是个年轻的女仆，男主人毕先生千方百计追求她。她虽然心里也喜欢这位年轻的主人，可又知道应该如何保持自己的尊严。她这样做，反而赢得了主人的敬重。两个人

理查逊

'发乎情，止乎礼'，终于正式结合。——小说采用了书信体形式，把这个下层姑娘的坚强性格和复杂感情描摹得十分生动。

"理查逊的另一部小说《克拉丽莎》，创造了英国小说篇幅的最高纪录，足足有一百万字！写的是天真的姑娘克拉丽莎在家中备受虐待，又被逼着嫁给一位有钱的先生。她瞅个空儿跟着贵族青年洛夫莱斯逃出了家门，洛夫莱斯本来是她姐姐的未婚夫。

"洛夫莱斯乘人之危，玷污了她，又逼她跟自己结婚，克拉丽莎骄傲地拒绝了。她买了口棺材，在棺材的铜板上写上她离家出走的日子，她认为从那时起自己就算是死了。等家里人后悔不迭，写信来安慰她时，她已经宽恕了一切人，离开了人世。——后来还是她那当军官的表哥跟洛夫莱斯决斗，替这可怜的姑娘报了仇！

"这本小说依旧采用书信体。尤其是写到克拉丽莎决心去死的那一段，让人读了，悲从中来。有位贵妇人就承认：我看不起理查逊这个人，可我却迫不及待地要读他的书，甚至读着读着，还掉下眼泪来。——这就是艺术的魅力呀！

"据说法国作家卢梭的《新爱洛绮丝》、德国作家歌德的《少年维特之烦恼》，都直接或间接受了这部书的影响呢。"

第 16 天

大诗人歌德吟咏
《浮士德》

德国·18—
19世纪

"狂飙突进"撼文坛

源源掰着指头问爷爷："意大利、西班牙、英国、法国的文学家们都谈过了，可德国的文学家还没听您提到呢。"

"怎么没提？"沛沛插进来说，"不记得前面讲的日耳曼史诗《尼伯龙根之歌》啦？"

没等源源开口，爷爷替他回答："讲是讲过，不过那都属于中世纪文学啦。说到近代文学，德国确实还没介绍。不过别急，这两天咱们就专门说说德国。今天要介绍的这位德国大诗人，在世界文学史上也是大名鼎鼎的呢！不过在介绍之前，咱们先得把18世纪的德国社会交代几句。

"那会儿的德国，应名儿是个统一的大帝国，实际上却分裂成三百六十多个小城邦，大家各抱一摊、互不合作，这就影响了德国经济的发展。

"德国的读书人眼看着英、法革命成功，很有点儿'眼热'。不过他们也不甘落后，既然社会没给他们提供施展才能的机会，他们就到精神王国里去寻找出路。这样一来，18世纪的德国可就在哲学、艺术方面走在了前头。文坛上也出了好几位大诗人。

"为德国近代文学打基础的，是一位名叫莱辛（1729—1781）的学者兼文学家。他的《拉奥孔》和《汉堡剧评》，都是十分有名的文学理论著作。德国文学繁荣的大幕，就是由他拉开的。

"紧接着，在18世纪七八十年代，德国文坛上兴起一场'狂飙突进'文学运动。怎么叫这么个名字呢？原来有个年轻人写了个剧本，题目就叫《狂飙突进》。剧中人有几句台词说：让我们发狂吧，让我们宣泄吧！就像那屋顶上的风标，在狂风中转个痛快吧！——不用说，这反映的是一群年轻人热血沸腾的心态。他们反对封建道德的束缚，对启蒙运动提倡理性也不买账。他们强调的是个性解放，渴望由着性子生活、创作！而那支在狂风中飞转的风标，就成了这一派的象征啦。

"就在这一派年轻作家里，出了两位大文豪：歌德和席勒。咱们今天要说的，正是举世闻名的诗坛伟人歌德。"

歌德从莱茵河畔走来

歌德（1749—1832）出生在德国莱茵河畔的法兰克福城。那是个历史悠久的文明之邦，有着古老的城堡、豪华的王公府邸和热闹的集市。

歌德的父亲是位法学博士，博学多才，爱好文艺，还当过皇家参议。母亲是市长的千金，生性活泼，总爱给孩子们讲故事。小歌德就在这富足优雅的环境里度过了童年。

以后他又受到良好的教育，学习文学和自然科学，也喜欢音乐和美术。他还学习法文、意大利文、英文、希腊文、拉丁

歌德

文……在室外活动时，他最喜欢骑马、击剑和游泳。十七岁那年，他考进了莱比锡大学，学的是法律。后来一度因吐血休学，最终在斯特拉斯堡大学完成学业，获法学博士学位。

可是跟抠法律条文相比，歌德更喜欢写诗、画画。在大学里，他结识了一位朋友，此人性情古怪，常因一丁点儿小事大发脾气，可他对文学的精辟见解却让歌德深深折服。这个"怪人"，就是"狂飙突进"运动的领袖人物赫尔德（1744—1803）。受他的影响和启发，歌德读了大量古今文学名著，还帮赫尔德到乡下老婆婆的茅屋里去搜集民间歌谣。这对歌德日后的诗歌创作，产生了很大影响。

歌德早年的抒情诗不少都带着民歌味道。看看这首有名的《野蔷薇》吧：

少年看到一朵蔷薇，
荒野的小蔷薇，
那样娇嫩而鲜艳，
急急忙忙走向前，
看得非常欣喜。

蔷薇、蔷薇，红蔷薇，
荒野的小蔷薇。

少年说："我要采你，
荒野的小蔷薇！"
蔷薇说："我要刺你，
让你永远不会忘记，
我不愿被你采折。"
蔷薇、蔷薇、红蔷薇。
荒野的小蔷薇。

这诗的民谣味儿有多足！它本来就是诗人根据一支古老的歌谣改编的。后米音乐家们给这首诗谱过上百支曲子，其中大音乐家舒伯特谱的那一支最为人称道，旋律优美跳荡，成了乐坛珍品啦！

小说《少年维特之烦恼》

歌德回到家乡后，谋了个律师的职位，可他忘不了文学。谋生之余，他写了不少诗歌，还写过剧本。不过让他名扬欧洲大陆的，却是他的小说《少年维特之烦恼》。

维特是个才华横溢、热情单纯的青年。他爹虽不是贵族，却也给他留下了丰厚的遗产。维特厌倦了城市的喧嚣生活，来到一处幽静的乡间小镇。那儿春光明媚，风景宜人，镇子上的人也都那么淳朴善良。维特的一颗心被这里的景色和人情陶醉啦！

在一次夏夜的舞会上，维特认识了美丽俊俏的绿蒂姑娘。绿蒂是法官的女儿，娘死得早，照料爹爹和众多弟妹的担子，都落在她一个人肩上。在这初夏的夜晚，一对少男少女就这样暗暗喜欢上对方。痴情的维特更是爱得神魂颠倒。

不幸的是，绿蒂早已订了婚。当她的未婚夫旅行归来时，维特一下子陷入深深的痛苦之中。夏去秋来，木叶摇落，维特终于咬了牙，决定离开绿蒂，开始新的生活。

维特在公使馆里谋了个书记官的位子。可他的心没法子平静下来。俗气的同僚们争着往上爬，固执的上司也让他受不了。给他刺激最深的，还是等级制的压迫。有一回他到伯爵家去做客，那些自命高贵的老爷太太们，根本不把他这个平民出身的年轻人放在眼里，最终弄得主人也只好催他快点儿离开！

敏感而高傲的维特怎么受得了这个？他真想抓起一把刀子，捅进自己胸膛！冬天到了，又传来绿蒂结婚的消息。维特的精神几乎垮啦！

《少年维特之烦恼》插图

又是一年春草绿，维特在外面碰够了钉子，回到小镇上。夏天到来时，他再度回到绿蒂身边。周围的景色还是那么美，可绿蒂却已是有夫之妇。绿蒂的丈夫是个知足常乐的平庸之辈，绿蒂虽然更喜欢维特，却又不能不忠于丈夫，跟维特疏远。

秋去冬来，冷风呼啸，大自然也像是耗尽了生机。维特鼓起最后的勇气，敲开绿蒂家的门。他控制不住自己，泪流满面地拥抱了绿蒂，最后一次吻了她。第二天，维特借口出门旅行，向绿蒂的丈夫借了一把手枪。夜深人静时，受尽感情熬煎的维特，在一声枪响里结束了自己年轻的生命。——他终于从人生烦恼中获得了解脱！

"维特热"横扫欧洲

小说中的维特，几乎就是作者自己。二十三岁那年，也是在一次舞会上，歌德爱上了一位朋友的未婚妻夏绿蒂。他爱得那么狂热，又是那么无望。苦恼极了的时候，他曾磨快一把匕首压在枕头底下，几次想用它结束自己的生命！他给夏绿蒂写过许多感人至深的信，这让我们明白，为什么《少年维特之烦恼》采用了书信体的形式。

不久，歌德的一位朋友也因爱上友人的妻子，失恋后开枪自杀了。这事使歌德产生了写一部小说的愿望。1774年秋天，他闭门谢客，只用了短短四个星期，就完成了这部举世轰动的爱情小说。

小说一出版，德国乃至整个欧洲的年轻人中，掀起了一股

矗立在莱比锡大学图书馆前的歌德铜像

"维特热"。大家纷纷穿上维特式的蓝色燕尾服和黄背心，学着维特的腔调说话。还有不少失恋的年轻人学着维特的样儿冲自己的脑袋开枪！歌德连忙写了一首诗，借维特之口劝告大家：要当个堂堂男子汉，千万别步我的后尘！

不过话说回来，维特之死仅仅因为失恋吗？在德国，年轻人的个性受到压抑，森严的等级制、庸俗的市民气，都让有血性的青年感到绝望。小说引起那么大的轰动，正是因为歌德写出了一代青年的苦闷和烦恼啊。

从政魏玛，收获爱情

维特使二十六岁的歌德一夜成名，魏玛公国的公爵把诗人请去，让他担任枢密顾问，不久又把相印交给了他。年轻的歌德志得意满，干劲十足。他不但参与政务，还抽空儿研究科学。可这样一来，文学创作的时间就少多啦。

十年过去了，魏玛公国并没有多大起色，歌德的政治理想大多没能实现。歌德感到了厌倦，于是在一年的秋天，改名换姓，神不知鬼不觉跑到了意大利，在那儿四处游览，一待就是两年。

南欧的秀丽风光和古罗马的伟大艺术，使诗人的心灵又复苏啦！在意大利，他创作了剧本《哀格蒙特》和《伊菲格涅亚在陶里斯》。

《哀格蒙特》的主人公是一位年轻的伯爵，因为反抗西班牙人的残暴统治而被杀害。剧本仍然闪耀着"狂飙突进"的光彩。《伊菲格涅亚在陶里斯》则取材于希腊神话。剧中刻画了一位品行高尚的理想女性，那风格却已接近古典主义。——就是从这个时候起，歌德作品里"狂飙突进"的昂扬奋发之气，渐渐化作纯朴、宁静、和谐的幽美风格。

以后歌德重回魏玛，并爱上一个二十出头的制花姑娘。那姑娘叫克里斯蒂涅·符尔皮乌斯，她哥哥是个小说家，因为没工作，便写了封求职信，托妹妹转呈歌德。当时歌德正在花园里散步，看见一个妩媚漂亮的姑娘向自己走来，一下子就爱上了她。歌德不顾别人说闲话，把这个身份卑贱的姑娘接到家里住。但两人正式举行婚礼，却是十八年以后的事。

这次回到魏玛，诗人依然在宫廷里供职，却只管管文化艺术一类的事。这会儿诗人的心情又是怎样的呢？从他的诗剧《托夸多·塔索》里，可以得

以歌德妻子为题材的邮品

到一点儿消息。

剧中人塔索是个意大利诗人，他受费拉拉公爵的赏识，在宫廷效力。可宫廷中又有谁真正懂得艺术、尊重艺术？诗人的天才得不到施展，同公主的恋爱也受到挫折，最后只剩下一肚子苦闷啦。——这说的不就是歌德自己吗？一个才华横溢的诗人偏要从政当官，听人家吆喝，不苦闷才怪呢。歌德自己说：塔索其实也是个"维持"，是个"提高了的维特"。

结交诗友，仰慕东方

歌德四十五岁那年，结识了另一位德国诗人席勒，两人成了莫逆之交。他俩相互鼓励，比赛似的写诗撰文。歌德写了不少叙事谣曲，像《掘宝者》《魔术学徒》《神女与妓女》等，都成了家传户诵的名篇。后来的文学史，就把1794年称作"叙事歌谣年"。

席勒与歌德

此外，歌德还写了长篇小说《威廉·迈斯特的学习时代》、长篇叙事诗《赫尔曼与窦绿苔》。而他最重要的作品，要数诗剧《浮士德》了。关于这部巨著，一会儿还要说到。

1805年，比歌德小十岁的席勒倒比他先去了。歌德得知朋友的死讯，大哭着说：他死了，我生命的一半也失掉啦！

六十岁以后，歌德再起游兴。他漫游了德国的大好河山，写了二百四十多首抒情诗。有时一天就要吟上好几首。这些诗都收在后来出版的《东西合集》里。

诗人晚年对东方文化大感兴趣，读了不少中国、印度、阿拉伯的文学作品和哲学著作。他挺欣赏中国小说《好逑传》《玉娇梨》等，并凭着直觉评价说：这还不算中国最好的小说呢。中国有成千上万种小说，中国人写小说的时候，我们的祖先还在树林里刀耕火种呢！

歌德还用中国的传统诗题写了一组《中德四季晨昏杂咏》，读读这首：

> 夜幕垂空降，万物皆可隐。
>
> 最初现金星，柔光可迷人。
>
> 夜雾多缥缈，一切皆无定。
>
> 夜色多深沉，湖水平如镜。
>
> 遥想在东方，月华放光明。
>
> 柳丝纤纤挂，戏水起波纹。
>
> 卢娜弄清影，湖面闪碎银。
>
> 清凉透眼帘，渐潜入内心。

中国诗歌里明净和谐的意境，正合诗人此时的心境。

诗歌巨著《浮士德》

七十五岁以后，歌德住在魏玛，深居简出，全力以赴创作《浮士德》的第二部以及另一部早已开了头的小说。这两部著作，在他生命的最后八年里先后完成了。这部《浮士德》，可是歌德大半生心血的结晶啊。

浮士德本来是德国民间故事里的传奇人物，咱们前头说过，英国的马洛就写过这个题材。歌德对浮士德的兴趣，从四岁看木偶戏时就萌发啦。上大学后，他就一直憋着劲儿要写一部关于浮士德的大作。可作品最终完成，却是在诗人逝世的前一年。算起来，这部诗剧从筹划到完成，差不多经历了六十个年头。这在古今文坛上，可以说是独一无二！

《浮士德》插图之一

诗剧的主人公浮士德，是个年过半百的老博士。他长年累月把自己关在书斋里研究学问，头发都白了。可有一天他如梦方醒：自个儿大半辈子钻研的，都是些毫无用处的死知识。这书斋就像牢笼，自己不过是关在里面的囚徒罢了。

这么一想，他万念俱灰，端起一杯毒药，打算自我了结。突然，远处教堂传来复活节的钟声。钟声把老博士召唤到田野上，明媚的春光打消了他轻生的念头。当他带着满身的春日气息回到书斋时，没留神有一条黑狗也跟了进来。

黑狗摇身一变，化作人形。原来它是魔鬼梅菲斯特变的！梅菲斯特刚刚跟上帝打赌，说是能引诱浮士德堕落，把他的灵魂劫往地狱。

这不，它来引浮士德上钩了。它跟老博士订下契约：它甘愿给老博士当奴仆，凭着自己的无边法力，满足浮士德的任何要求；可浮士德一旦感到心满意足、别无所求，魔鬼可就成了主人，浮士德将堕入地狱、万劫不复！——浮士德答应了梅菲斯特的要求。魔鬼的黑外套化作一片乌云，载着二位去云游天下。

在一处酒馆里，两人跟一群大学生聚饮胡闹。浮士德被引进魔女厨房，喝下一盏魔汤。奇迹出现了：白发苍苍的浮士德，刹那间变成了年轻力壮的小伙儿，浑身充满了青春活力。

走在街上，浮士德爱上了小家碧玉玛甘丽。由于魔鬼帮忙，浮士德轻而易举获得了姑娘的芳心。可这段爱情的结局并不美妙：玛甘丽误用药剂，毒死了亲娘；她哥哥阻止妹妹幽会，结果死在浮士德的剑下。最终玛甘丽也因溺杀儿子坐了班房，在狱中发了疯病。——爱情没能为浮士德带来幸福，反而给他增添了无穷烦恼。

不过浮士德不久就恢复了信心，又雄心勃勃地跨进了宫廷。宫廷里的情况糟透了，财政眼看要崩溃，皇帝却还在金碧辉煌的宫殿里召开盛大的化装舞会呢。在浮士德的建议下，王朝靠着大批印钞票，渡过了财政难关。而皇帝又异想天开，想看看古希腊的美人儿海伦究竟有多美。

浮士德让魔鬼弄来宝鼎，燃起香料。在袅袅香烟里，海伦出现啦！浮士德从没见过这么美的女子，急着去拥抱她，却只听一声巨响，幻影消失，浮士德晕倒在地上。

人心满足日，便是堕落时

魔鬼背着昏迷不醒的浮士德回到书斋。在那儿，浮士德的弟子瓦格纳制造了一个小人儿。小人儿只有灵魂，没有肉体，因而只好待在玻璃瓶里。可它却能看见浮士德的梦境：浮士德在昏睡中还念念不忘海伦呢。小人儿便化作灯盏，照亮路途，引浮士德来到古希腊。魔鬼让海伦复活，做了浮士德的妻子。

他俩琴瑟和谐，生下个儿子，取名欧福良。

这孩子长大后气质不凡，酷爱自由，后来死在争取自由的战争中。儿子一死，当娘的也追随而去，留下一片衣衫，化作祥云，把浮士德带回了现实世界。

浮士德飞临大海时，看到碧波万顷、潮涨潮落，激起他干一番大事业的雄心！这会儿正赶上国内发生动乱，浮士德帮皇帝平息了内

《浮士德》插图之二

乱，得到一块封地。于是他便开始了移山填海、建造人间乐园的巨大工程。

此时浮士德已年过百岁，因屡遭挫折、饱经忧患，双目早已失明。魔鬼知道他来日无多，便吩咐小鬼替他掘墓坑。浮士德听见镐头敲击土石的声音，还以为人们正卖力干活完成伟业呢。他想着理想就要化作现实，感到从没有过的满足，于是高喊："多美的时刻，停留一下吧！"

他这么一喊，一切都完了！按照魔鬼的契约，浮士德一旦满足，他将成为魔鬼的奴隶，永堕地狱！——然而就在此刻，天界的仙使及时赶到，簇拥着浮士德飞向天国。

欧洲文人的"巨大自白"

这可是一部博大精深的文学巨著！诗剧中充满数不清的典故和比喻，蕴藏着深邃的哲理。浮士德是个上下求索、永不满足的人。他不满意书斋里的陈腐知识，便去爱情之乡寻找幸福。可爱情到头来只是一杯苦酒，他又到政界去一展身手。政界依然找不到出路，于是又到古代文明的幻境中去遨游。

据说他跟海伦所生的孩子欧福良，是影射英国浪漫诗人拜伦。——拜伦比歌德小四十岁，曾参加希腊人民争取自由解放的斗争，死在了歌德的前头。关于这位诗人，以后咱们还要专门说到。

最终，浮士德还是在改天换地、建造人间乐园的大业中得到了满足。上帝跟魔鬼打赌时就说过：人类在奋斗中难免要迷路，

歌德所绘风景画

可他们终归会走上正途的。——这其实正是歌德自己的信念。

至于魔鬼梅菲斯特，它是恶的化身。它跟浮士德搭伙结伴，一恶一善，一个堕落一个奋发，却又连为一体，谁也离不开谁。这里面的哲理，不是挺玄妙吗？

从浮士德身上，不难看出歌德自己的影子。——其实包括《少年维特之烦恼》《托夸多·塔索》在内，哪一部作品不是诗人的自白呢。而这一部《浮士德》，不光写出了诗人自身追寻人生目标的心路历程，更反映出欧洲自文艺复兴三百年来精神文化发展的历史面貌。因而有人说，这是大诗人歌德代表欧洲资产阶级文人所做的"巨大的自白"，对德国乃至世界都产生了巨大影响。人们常把《浮士德》跟《荷马史诗》、但丁的《神曲》以及莎士比亚的《哈姆雷特》相提并论，称它们是欧洲文学的"四大名著"呢。

伟大时代孕育了伟大诗人

两个孩子听得入神。见爷爷打住话头，源源问道："我计算，歌德活了八十三岁，他一生到底写了多少作品呀？"

"有个词儿叫'著作等身'，是说一个人的著作摞起来，足有他的身量那么高。拿这个词儿形容歌德一生的创作，倒很合适。有人统计，歌德一生创作的各种诗歌——包括抒情性的、哲理性的、赞美的、讥刺的，连长带短，总共有四千多首！不同体裁的戏剧有六七十种。就说这部《浮士德》吧，连同"序曲"共分三部分，总计有一万两千一百一十一行。单就篇幅来说，也足可称为巨著啦。

"此外，歌德一生中还写过四部长篇小说，十几个短篇小说，又有长篇自传以及文艺评论、自然科学论著等。——歌德的才能是多方面的，他既是文学家、艺术家，又是理论家、政治家，还是自然科学家。难怪人们称他是'最后的万能天才'，他本身就是一部包罗万象的百科全书！

"你算得不错，歌德活到八十三岁。他是一位跨越了两个世

位于法兰克福的歌德故居

纪的老人。他自己说过这样的话：

> 我实在有着得天独厚的地方，因为我活在一个不断发生着惊天动地的大事的时代。我目睹了七年战争（指法、德之间的战争）、美国独立、法国革命以及整个拿破仑时代。因而我的经验和观点，是那些现在才落生、只能从书本上隔雾观花地领略这些事件的人来说，是不可能得到的！

不错，正是这个伟大的时代，孕育并造就了这位伟大的诗人！这一点，歌德自己已经领悟到了。"

席勒『强盗戏』, 海涅『织工曲』

德国·18—19世纪

高墙关不住的席勒

"接着昨天的话茬儿，咱们再说说歌德的密友席勒；此外，
同时代还有一位大诗人海涅——这三位全都生活在18世纪末19
世纪初。可是照一般看法，歌德和席勒是德国古典主义文学的擎
天柱，海涅却是19世纪德国浪漫主义文学的急先锋。

"席勒（1759—1805）比歌德小十岁。他父亲是个外科医生，
后来在军队里当差，隶属于符腾堡公国欧根公爵。父亲本打算让
席勒学习神学，那在当时可是门挺有出息的学问。可公爵大人却

席勒（右）与歌德铜像

非让小席勒进军事学院不可。原来，公爵是个独裁者，他的军事学院，是专门用铁的纪律为他培养奴才的地方！

"十四岁的席勒在这所牢狱般的学院里一待就是八年。但严酷的军校生活，并没能磨灭他那爱自由、好抗争的天性。在一位年轻教授的暗地点拨下，他读了不少莎士比亚、卢梭的作品。当代大诗人歌德也让他佩服得五体投地。他本来在学院里学的是法律和医学，可这时却偷偷写起诗歌和剧本来。他那轰动一时的剧本《强盗》，就是在军事学院的高墙里写成的。

"从学院毕业后，他在公爵的军队里当了一名军医。然而在这个独裁国家，他连出门看戏的自由都没有。一气之下，诗人在一个漆黑的夜晚逃出公国，从此过着漂泊无定的生活。日子虽说苦一点儿，他却获得了最宝贵的自由。不久，他又写了那部更有名的悲剧《阴谋与爱情》。

"以后他对历史和哲学着了迷，写了两部挺有分量的历史著作。三十岁头上，他还当上了耶拿大学的历史教授。这个位子还是由歌德推荐的呢。不过席勒跟歌德深交，还是在五年以后的1794年。

"其实席勒与歌德无论在性格、气质还是文学主张上，都没有太多的共同之处。席勒还是毛头小伙子时，歌德已是名满四海的文坛泰斗啦！这两位怎么会成了至交呢？这大概应了那句'惺惺相惜'的旧话吧。

"两人越是意见分歧、争论不休，就越能从辩论中发现对方的高明与不凡来。于是这两位棋逢对手的文豪便携手办起杂志，还比赛似的创作诗歌。两人共发表了好几百首警句诗和谣曲。有时还合写一篇文章，一个起草，一个润色，表达共同的文学见解。

"在底下，两人还各自创作了不止一部小说、戏剧。歌德就说过：自己再次成为诗人，多亏席勒的激励。就是他那部诗歌巨著《浮士德》，也是在席勒的一再催促下，才动笔并完成的呢。难怪席勒一死，歌德竟痛不欲生，说是自己失去了一半生命。这话并非夸张。

"席勒死于肺病，死时只有四十六岁。歌德是在二十七年以后才谢世的。两人最终葬在了一处，陵墓称'歌德、席勒合陵'。至于他俩谁更伟大，据说人们至今还争论不休呢。"

沛沛忍不住问："席勒的《强盗》和《阴谋与爱情》，到底写的什么故事哇？"

"别忙，咱们就说说这两出戏吧。"

"以火治世"说《强盗》

《强盗》的扉页上，写着这样两句题词："药治不了的，用铁；铁治不了的，用火！"——这话本来是一位古希腊哲人谈治病时说的，用在这里，指的可是治疗这个病态的社会。

一位老伯爵有两个儿子，大儿子卡尔性情豪爽，不拘小节，多年在外求学。二儿子弗朗兹则心地诡诈，卑鄙自私，总想把长子继承权弄到自己手里。于是他向爹爹谎称大哥在外堕落学坏，正遭官府通缉。接着又以爹爹的名义写信给卡尔，说是老爹永远不会宽恕他。

卡尔是个热血青年，本来就对社会有一肚子不满；如今见老爹如此冷酷无情，不觉怒从心头起，宣称要当个劫富济贫的强盗，专跟法律作对！

弗朗兹见离间计大获成功，便又打起哥哥未婚妻的主意来。卡尔的未婚妻爱米丽娅是个坚贞的姑娘，她拒绝了弗朗兹的诱惑，又亮出刀子来回答他的威胁。弗朗兹无奈，只好作罢。不过这会儿他已经当上了一家之主，因为老伯爵早就不知去向啦。

再说卡尔带着一伙兄弟出入山林，打家劫舍，成了名副其实的强盗。一次为了救一个被俘的伙伴，他们杀进城去，放火烧了城市。火药库也起火爆炸，炸死许多无辜百姓。卡尔心里很不是滋味。

以后卡尔带着部下辗转杀回故乡。他化装成贵族模样，独自潜回家中，从老仆嘴里得知弟弟作恶的真情。他后悔当初错怪了爹爹，又因自己成了杀人强盗而痛苦万分。在花园里，他跟爱米丽娅匆匆会了一面，就又回到田野间的强盗群里。就在这时，他意外地发现爹爹没死，是被弗朗兹关进林间古塔里。

卡尔怒火中烧，立即派人去捉弗朗兹。弗朗兹自知难逃惩罚，便畏罪自杀了。派去捉拿他的人因为没法子交差，也自杀身死。卡尔眼见又坏了两条性命，内心受到极大震撼。此刻老爹也因受不了刺激，死在他脚边。

卡尔自感有罪，认为自己不配得到爱米丽娅的爱，便赶她走开。姑娘却说若要离开，还不如去死。众强盗也纷纷埋怨卡尔为一个女人而抛弃众弟兄。就在爱米丽娅招呼众强盗朝自己开枪的当口儿，一声枪响，卡尔亲手杀死了姑娘！他说：我卡尔所爱的人，只能死在我卡尔手上！——最终他离开众弟兄，前去投案自首，接受法律的审判。

《强盗》首演时，剧场里盛况空前。观众们叫着、闹着、跺着脚，互不相识的邻座儿也呜咽着抱在一起……观众们多希望真有一伙"强盗"从森林里杀奔出来，用铁与火向这个垂死的社会宣战啊！

剧的结尾，反映了席勒内心的矛盾：舞台上这位喊着"把法律踩在脚底下"的铁汉，最终向"良心"和法律低了头。到头来，这也只能是一出悲剧。

威廉·退尔的形象铸上了钱币

席勒的另一剧本《威廉·退尔》的主题仍是反抗。在奥地利人统治的瑞士，总督将帽子置于高竿，令瑞士人对帽子行礼。猎手威廉·退尔带着儿子杰米由此经过，硬是不肯低头。总督大怒，将苹果置于杰米头上，命威廉用箭射。威廉暗藏二箭，第一箭把苹果射落，又拿出另一支，对总督说：若第一箭射偏，这一箭就是送给你的！总督大怒，将威廉逮捕。此事引发民众反抗，终于将奥地利人赶出了瑞士！

《阴谋与爱情》：跨越等级生死恋

《阴谋与爱情》虽然也是一出悲剧，风格却又大不相同。剧本写宰相的儿子斐迪南爱上了穷乐师的女儿露伊斯。老乐师非但没感到庆幸，反而皱起了眉头。——贵族子弟还能有什么好心眼儿吗？还不是拿穷人家的姑娘寻开心！

他直截了当告诉宰相：让我女儿当你家儿媳，不敢高攀；做你儿子的情妇呢，又太可惜。因此，只好拉倒！

其实宰相也不满意儿子的选择。他是靠吹牛拍马、杀害了前任宰相才掌了相印的。眼下他打算让儿子娶一位贵妇人，好作为自己进身的资本。宰相的秘书伍尔牧也暗中反对这门婚事——这个奸诈小人也看上乐师的女儿啦。

于是一个阴谋就这样形成了。宰相和伍尔牧经过一番策划，找个借口把乐师夫妇抓了起来，然后威逼露伊斯给宫廷侍卫长写了一封假情书，作为释放老两口的交换条件。当然，这封假情书，最终送到了斐迪南手上，目的是要挑拨他跟露伊斯的关系。

斐迪南曾坚决反对爹爹干涉自己的婚姻，还说要把爹爹的种种罪恶公布于众。可是明枪好躲、暗箭难防。这一回，他上当了。

斐迪南拿着信去质问姑娘，姑娘为了保护爹娘，一口咬定信是自愿写的。嫉妒使斐迪南发了疯，他支开老

《阴谋与爱情》至今还在舞台上演

乐师，在柠檬汁里下了毒，骗姑娘喝下去，自己把剩下的一饮而尽。直到姑娘知道中毒，才道出事情真相，然而一切都太晚了！

宰相和伍尔牧闻讯赶来，听见了斐迪南临终的诅咒。宰相扑向伍尔牧，两个恶人就像狗一样撕咬在一起……

贵族子弟真心实意去爱一个平民姑娘，这在等级森严的社会里可是少有的事儿。而悲剧产生的根源也正在这儿。老乐师压根不信任贵族少爷，姑娘也因等级悬殊，感到幸福无望，想着早点儿结束这痛苦。这成了产生悲剧的内在原因。说到底，这悲剧是时代造成的。不过我们在斐迪南身上，已经看到了反叛等级制的苗头。

德国诗人海涅曾这样评价席勒："席勒为伟大的革命思想而写作。他摧毁了精神上的巴士底狱，建造了自由的庙堂！"这评价，席勒是当之无愧的。

三千名曲海涅诗

其实海涅对席勒的评价，也正可以挪来形容他自己。就让我们看看海涅的生平和诗歌吧。

席勒三十七岁那年，海涅（1797—1856）出生在莱茵河畔杜塞多夫城一个犹太商人家里。爹爹一年到头苦心经营，可一家人的日子仍然不富裕。母亲治家挺严，连女仆给孩子讲个鬼故事，都要受到训斥。学校里的功课也不能吸引海涅。唯一让海涅感兴趣的地方，是舅舅家的阁楼。

舅舅是个医生，喜欢文学，他的阁楼上藏着大批图书，还有地球仪、烧瓶、行星图什么的。一有工夫，小海涅就钻进阁楼里，一本一本地翻看阅读，读到激动处，竟抱着书独自哭了起来！

有一阵子，法国人占领了莱茵区，同时也带来自由、平等的新观念。少年海涅的心中从此埋下了向往自由的种子。十四岁那年，海涅还挤在人群里亲眼见到了骑在马上的拿破仑呢。看着这位法国大英雄心闲气定的神态，小海涅敬佩得五体投地！

海涅

这以后，海涅当过学徒，办过公司，可都没干长。二十二岁时，他考进波恩大学学习法律，以后又先后在好几个大学里读过书。二十八岁那年，他终于通过了法学博士的答辩。在这期间，他已经跟诗歌结下了不解之缘，创作了不少抒情诗。后来他把这些诗汇集起来，取名《歌集》，出版后大受欢迎，单是在他生前，就再版了十几次。

有这么一首小诗，很能代表海涅诗歌的浪漫抒情风格：

一阵可爱的钟声，
轻轻掠过我的心房。
响吧，春天的小唱，
一直响到远方。

267

响出去，响到那

百花盛开的园邸。

如果看见一枝蔷薇，

说我请你代为致意。

短短的一首小诗，写出了诗人对爱情的憧憬，兴奋之中还带着点儿羞怯。诗的韵律像流水，又像音乐。当时就有不少音乐家，给这首诗谱上优美的曲子。

由于海涅的诗朴素流畅、富于音乐感，当时的大音乐家舒伯特、门德尔松、勃拉姆斯，都为他的诗谱过曲。有人计算过，用海涅诗谱成的曲子，总共有三千多首。海涅的诗成了音乐家灵感的源泉啦！海涅的大名也随着歌声传遍德国。

《旅游札记》：景美思深

海涅可不是坐在书斋里埋头苦吟的诗人。他顶喜欢旅行，从二十七岁开始，四年间游历了德国、意大利和英国，写下四卷《旅游札记》。那是用诗一样的散文体写成的。

头一卷叫《哈尔茨山游记》。一开头，写"我"厌倦了庸俗无聊的城市生活，决计远游登览，去呼吸自由的空气。一大早出发，晨风送爽，百鸟欢唱，心情十分舒畅。一路走田野，过集镇，终于在第二天清晨登上了美丽的哈尔茨山。大自然的风光让人心旷神怡，同时让诗人产生出幽远的遐想。

这以后，诗人沿山路来到一座山城。学校放学的孩子、造币

厂新造出的金币、矿山那阴
冷沉寂的矿坑、古城中教堂
的废墟，都让诗人感慨万千。

在哈尔茨山上，诗人还跟
牧童共进午餐。满山高大的枞
树，仿佛一大群挨肩站立的沉
默的伟人似的。整座大山，不
就是德国人沉静、理智、宽容
的象征吗？——红日西沉，诗
人下山，心灵依然陶醉在大自
然的美好之中……

海涅的文笔是那么清新
流畅。优美的自然景物描写

海涅诗插图之一

中，时时扬起对社会的讽刺与揭露，提神醒目，发人深思。

《旅游札记》的另外三卷《观念——勒格朗特文集》《从慕尼
黑到热内亚的旅行》以及《英国片断》，分别写出诗人对拿破仑
的颂扬和对意大利、英国的印象，也都用的是叙议结合、美中带
刺的那种写法。

四卷《旅游札记》包含着大量社会内容，使海涅诗文那浪漫
抒情的明丽底色上，又添加了深沉的现实色彩。

织工之歌：三重诅咒入织机

1830年，法国爆发了七月革命。听到这个消息，诗人心潮起

伏，马上写下了这样一首《颂歌》：

> 我是剑，我是火！
> 黑暗里我照耀着你们，
> 战斗打响，
> 我奋勇当先，
> 走在队伍的最前列！
> …………

就在第二年，海涅赶赴法国，从此定居在那儿。直到逝世，德国他只回去过两次。

海涅诗插图之二

巴黎是个人才荟萃的大都会，欧洲的文化精英们——巴尔扎克、雨果、乔治·桑、大仲马、肖邦……全聚集在那儿，海涅很快跟他们成了朋友。在海涅的朋友里，还有一位举世景仰的大思想家——马克思。只是马克思这时只有二十五岁，海涅却已四十六啦。共同的思想见解使这一对同胞相见恨晚，他俩结为忘年交，一天不见面，就觉得少了点儿什么！

海涅向他的年轻朋友朗诵自己的诗歌，两人一起对诗中的字眼儿认真推敲。在马克思的影响下，海涅诗中的讽刺性更尖锐，现实性也更强烈了。

1844年，德国西里西亚地方的纺织工人举行大罢工，海涅写了《西里西亚纺织工人》声援他们：

他们坐在织机旁，咬牙切齿：
"德意志，我们在织你的尸布，
我们织进去三重的诅咒——
我们织，我们织！

"一重诅咒给那个上帝，
饥寒交迫时我们向他求祈；
我们希望和期待都是徒然，
他对我们只是愚弄和欺骗——
我们织，我们织！

"一重诅咒给阔人们的国王，
我们的苦难不能感动他的心肠，
他榨取我们的最后一个钱币，
还把我们像狗一样枪毙——
我们织，我们织！

271

"一重诅咒给虚假的祖国，
这里只繁荣着耻辱和罪恶，
这里花朵未开就遭到摧折，
腐尸和粪土养着蛆虫生活——
我们织，我们织！

"梭子在飞，织机在响，
我们织布，日夜匆忙——
老德意志，我们在织你的尸布，
我们织进去三重的诅咒——
我们织，我们织！"

三重诅咒，针对的是"上帝""阔人们的国王"和"虚假的祖国"。这些正是统治者天天挂在嘴边上的那套"紧箍咒"！可海涅却说，上帝只是"愚弄和欺骗"我们，国王则"榨取我们的最

欧洲旧式织布机

后一个钱币，还把我们像狗一样枪毙"！祖国呢，在这儿，花儿没开就遭到摧残，蛆虫们却活得挺自在！

就这样，海涅毫不留情地把"神圣"的东西破除掉了。由于歌儿是写给纺织工人的，所以采用了织布机的节奏。试想，工人们伴着机器的铿锵节奏唱着这歌时，会多么有气势！

讽刺长诗《德国，一个冬天的童话》

同一年，诗人又写出了那部最著名的政治讽刺长诗《德国，一个冬天的童话》。在前一年，诗人回了一趟德国。阔别十三年，德国却还是死气沉沉的老样子。诗人无限感慨与愤懑，于是写下这部二十七章的长诗。

诗的开头，写诗人踏上德国本土，马上受到普鲁士海关官员的检查。诗人对此讽刺说："蠢人们，你们搜箱倒箧吧。可你们能发现什么呢？我带的违禁品，都藏在我脑子里呢！"——诗人说的"违禁品"，自然是指让统治者头痛的民主思想啦！

当看到普鲁士国徽上那只老鹰时，诗人不由得怒满胸膛，恨不得立刻把它捉在手中，拔掉它的羽毛，斩断它的利爪，再让莱茵区的好猎手对它射个痛快！而那座阴森森耸立着的大教堂，在诗人看来，恰是"精神的巴士底狱"！

当时德国有那么一派，他们打着寻求自由的幌子，却鼓吹君主制度，希望有腓特烈大帝那样的"圣君"再世，统一德国。可海涅却在诗中对这位长着红胡子的皇帝说："去睡你的吧，你这个古老的神异。没有你，我们照样解放自己……根本用不着皇帝！"

海涅故乡杜塞今日风光

汉堡是诗人旅行的最后一站。这儿可是当时德国最繁荣最自由的一座城市啦。诗中那位汉堡守护女神也为此自鸣得意呢。可诗人并不满意：难道这就是社会变革的美好前景吗？在诗人看来，光用玫瑰油和麝香，又怎么治得好重病不起的祖国！

在长诗里，海涅几乎冲着整个德国社会发出了挑战。他用笔代替雪亮的长剑，指向统治者、教会、军队、圣贤、御用文人、民族主义者、市侩……诗人自称："我永远是一只狼，我有狼的牙齿和狼的心……我将永远嗥叫，跟着狼群！"这个比喻可有点儿不同一般。从这个比喻中，我们看到诗人高傲、顽强、无所畏惧的身影，却又多少有点儿踽踽独行、漫无目的……

讽刺是这部长诗的突出特色。有人说，犹太文学的精华就是讽刺。其中有暴露，有挖苦，有嘲笑，有幽默，亦庄亦谐。再加上种种奇思妙喻和鼓点式的节奏，使长诗显得多姿多彩、色调斑斓。文学史上往往把《歌集》和《德国，一个冬天的童话》看作海涅一生中最重要的两部诗歌代表作。

长剑押棺慰诗魂

"有一点我不明白，诗题干吗叫'冬天的童话'呀？"沛沛问。

"有这么一种解释：说是当时的德国腐朽而落后，可统治者偏说这个社会制度挺好，还会长久延续下去。这难道不是在讲'童话'吗？而眼前的德国毫无生机，萧条得像冬天似的，因而这'童话'也只能是'冬天'的了。不过也有人说，'童话'是指诗中提到的'新的生活'。一个冬天的童话，到了春天便会成为现实的，诗人对他的祖国，并没有绝望！"

"海涅结过婚吗？"源源问。"结过。"爷爷回答，"他的妻子是个鞋店的店员，人挺可爱，但从小没读过书，有点儿自以为是，而且始终不知道丈夫是一位伟大的诗人。她爱海涅，但她的虚荣、固执也让海涅吃了不少苦。海涅临死把全部财产都留给她，但要求她一定要再嫁，并解释说：'这样一来，至少世上有一个人，会因我的死而感到遗憾。'这当然是诗人的幽默啦。"

源源问爷爷："海涅是哪年去世的？"源源问。

"1856年，那年他差一岁六十。——他身体一直就不好，四十八岁那年，他去参观一处大教堂，突然倒地不起。后来便瘫痪在床，两眼也几乎失明，在床上一躺就是八年。他说自己人未死，却已进了'床褥的坟墓'。

"可就这样，他还忍着病痛，自己口授，请人记录下不少好诗，并结成集子出版。有一首《决死的哨兵》这样写道：

一个岗哨空了——伤口裂开。

一个人倒下了，别人跟上来——

我的心摧毁了，武器没有摧毁。

我人倒下了，却并没有失败！

你听，这像是躺在'床褥的坟墓'里的人吟出的诗句吗？海涅永远是个顽强的战士！海涅临死时，要求在自己的灵柩上放上一柄长剑。这倒真是一名战士的'盖棺论定'啊！"

第 18 天

诗坛英豪拜伦、雪莱

英国·18—19世纪

浪漫主义与"湖畔诗人"

"前天谈到歌德的诗剧《浮士德》，说浮士德跟海伦生了个儿子欧福良。还记得那是影射谁吗？"爷爷一落座，就提出这个问题。

"好像是英国诗人拜伦吧？"源源也不敢肯定。

"正是他。今天要讲两位英国浪漫主义诗人，头一位就是拜伦。"

骚塞

"什么叫浪漫主义呀？"沛沛打断爷爷的话。

"对，先得把这个搞明白。——简单地说吧，浪漫主义是一种创作方法，也是一种文艺思潮。古典主义和启蒙运动不是强调理性吗？浪漫主义作家却讨厌这个。他们喜欢在诗里表达自己的主观理想，抒发强烈的个人情感。他们对乌烟瘴气的城市文明感到厌烦，向往着阳光明媚的田野、波光粼粼的湖泊……对中世纪的民间文学也格外瞩目，常常在诗歌里模仿朴素自然的田园牧歌。'回到自然！''回到中世纪！'这就是他们的口号。

"浪漫主义的作品喜欢使用夸张或对比的手法，例如把奇丑跟奇美放到一块儿去比较。至于非凡的人物、异域的风情以及大胆的想象、神秘的气氛，也都是浪漫主义诗文中常见的内容和特色。

"在英国，有三位浪漫派诗人最著名，他们是华兹华斯（1770—1850）、柯勒律治（1772—1834）和骚塞（1774—1843）。这三位前后脚出生，差不多都算长寿。他们又不约而同地厌倦城市生活，隐居在英国多湖的西北地区。人们因此称他们'湖畔诗人'。

"华兹华斯跟柯勒律治是好朋友，他们共同出版了诗集《抒情歌谣集》。前者的《丁登寺》，后者的《古舟子咏》，都是浪漫派的诗歌杰作。华兹华斯还得过英国'桂冠诗人'的称号呢。而前一任的'桂冠诗人'，就是三诗人中的骚塞。骚塞在当时名气很大，人们甚至把他比作《神曲》作者但丁。

"同是浪漫派诗人，拜伦的诗风又与这三位不同。这也难怪，拜伦应当算作第二代浪漫主义诗人啦。"

华兹华斯

少年拜伦，炎凉备尝

有人说，拜伦（1788—1824）是19世纪最不可思议、最矛盾又最富于天才的诗人。他相貌英俊，才华横溢，天生爱冒险。虽然他一条腿有点儿跛，可无论对谁，他都有一股磁石般的吸引力。崇拜他的人敬他是英雄，不喜欢他的人把他看成浪荡子和危险人物。总之，他不是平庸之辈！

拜伦出生在伦敦一个古老的贵族家庭。他爹爹贪杯好色，把祖上积下的万贯家财挥霍一空。一提到他，人们就会轻蔑地说：就是那个疯子杰克吗？小拜伦出生时被弄坏一只脚。他娘因为恨他爹，常常把怨气发泄在孩子身上。周围的贵族们也因为他爹的缘故看不起他，因此拜伦从小就养就一副孤独、倔强、易怒的性格。

拜伦

十岁那年，他从伯祖父那儿继承了男爵的头衔和一大笔财产，他的地位也一步登天。连学校里老师点名儿，也改称他"拜伦大人"！小拜伦想着昨天的冷遇和今天的尊荣，忍不住哇哇大哭起来。

后来拜伦进了剑桥大学，专攻文学和历史。他过着贵族公子哥儿的放荡生活，却也读了不少书。二十一岁大学毕业，他又当上了上院议员，这职位当然也是世袭的。

这一年，他突然萌发"看看人类"的念头，于是独自出国去旅行。他走遍地中海诸国，饱览山川秀色，遍游古迹名胜，对人事政务也都关心留意。两年以后，他带着一路创作的四千行诗歌回到伦敦。经过整理，以《恰尔德·哈洛尔德游记》的题目发表出来。这还仅仅是这部长诗的前两章。后来他被迫离开英国，再次游历欧洲，又续写了第三、第四章，不过那已是六七年以后的事了。

半部《游记》，一夜成名

长诗中的恰尔德·哈洛尔德是个贵族青年，他厌倦了英国上层社会的无聊生活，决心到"异教徒"的国度去开开眼界。他先后到过葡萄牙、西班牙、希腊、君士坦丁堡、罗马……领略了美丽奇特的异国风光、异域风情。什么西班牙斗牛呀，希腊谢肉节狂欢呀，还有阿尔巴尼亚的群山，莱茵河的波光，日内瓦湖的夕照，尼罗河上的夜雨……希腊与罗马的灿烂文化遗产也让他眼睛发亮。

可主人公更关心各国人民争自由、求解放的斗争。西班牙的民间好汉们正在反抗拿破仑的入侵呢，有位女英雄跃马横枪活跃在游击队里，让他倍加倾倒。希腊人民那会儿正处在土耳其人的统治下，诗人号召他们："谁要获得自由，就必得自己动手……高卢人或莫斯科人，哪里会对你们公正？"

在滑铁卢战场，诗人感慨万千，他在诗中吟咏道：

哈洛尔德停留在这白骨堆积之处，

法兰西的坟墓，要命的滑铁卢。

一个钟点里，命运之神索回了礼物，

也把赫赫的威名变成烟云般缥缈的虚无。

苍鹰终于在此处翱翔到最高空，

但随即被同盟国的箭射穿了前胸，

它用血淋淋的爪把地面抓得稀烂，

野心勃勃的一生雄图全部落空，

让世界挣脱的锁链套住自己的脖颈。

法国皇帝拿破仑是风云一时的英雄人物，可他四出侵略，又成了许多民族的敌人，最终被英、俄、奥、普等七国盟军在比利时的滑铁卢击败。诗人来到这里时，这场震惊世界的大战刚刚过去三年，杀气和鼓声，仿佛还没有消歇。诗人在感叹之余，希望全世界的暴君能从这儿吸取教训！

《恰尔德·哈洛尔德游记》前两章刚发表，就在英国引起了轰动。用拜伦的话说："一觉醒来，我发现自己已经成了名！"当时不少人说，诗中的哈洛尔德就是诗人本人。可拜伦却极力否认。不过说的人多了，诗人也就不再吭声了。

诗中这位主人公性格阴郁伤感、孤独而傲慢，蔑视礼法，身心充满矛盾。人们因而把他称作"拜伦式的英雄"。——而"拜伦式的英雄"以后还多次在拜伦诗中出现，成了诗人独创的人物典型。

《恰尔德·哈洛尔德游记》插图

拜伦声称自己一生最爱的是自由，最恨的是说谎。这使他跟统治者们总是格格不入。有一回政府通过法案，规定凡是破坏机器的工人，都得处死。拜伦听了，拍案而起，在国会发表演说，强烈反对。他还写诗说：难道人命还不值一双袜子吗？为什么捣毁机器就该被折断骨头？哪个蠢材要这样对付工人，他的脖子先要被扭断！

上层社会不喜欢这个尖刻好斗的诗人，就抓住他生活上的小事攻击他，甚至造谣说他跟异父同母的姐姐不清不楚，又对他与妻子分居的事指手画脚。拜伦最终被迫离开了英国，以后再也没有回去过。

唐璜变身"柳下惠"

诗人再度游历欧洲，除了完成《恰尔德·哈洛尔德游记》的

第三、第四章外，还写了那部有名的诗体小说《唐璜》。

唐璜是什么人？他本来是欧洲民间传说里的一个花花公子。不少欧洲文学家都写过这个传奇人物，而拜伦笔下的唐璜却与众不同。

在拜伦的小说中，唐璜是个心地善良的西班牙贵族公子，性情直率，不拘礼法，又多情善感。他刚刚十六岁，就爱上了一位贵妇人。当娘的怕儿子出丑，打发他去了海外。

唐璜坐的船在海上遇上了风暴。经受了十几天的漂泊熬煎，唐璜泅水来到一座海岛上。岛上有个叫海甸的姑娘救了他，他俩在山洞里真诚相爱了。就在两人举行婚礼的时候，姑娘的爹爹回来了。原来她爹是个凶暴的海盗头子！他命人把唐璜捆起来，扔上海船，送往土耳其的奴隶市场拍卖。海甸姑娘哭啊喊啊，就那么伤心而死！

土耳其王宫的黑奴们见唐璜长得挺俊俏，就把他装扮成女子，带进了后宫。在那里，年轻美丽的王妃千方百计勾引他，可唐璜心里还装着海甸呢，就是不肯依从。——中国有位道德高尚的古人叫柳下惠，经受美色的考验，能"坐怀不乱"。在拜伦笔下，花花公子唐璜变成柳下惠啦！

不久，唐璜找机会逃出了王宫，正赶上俄国大军攻打土耳其。唐璜参加了俄军的攻城战役，立下大功，成了英雄，并被俄军统帅派往彼得堡报捷。俄国女皇特别赏识他，又派他作为俄国使臣，出使到英国。

长诗写到这儿，已有十六章，一万六千行！据诗人说，这诗本来要写成一百章。可是因为诗人赶去希腊参加那里的民族解放

《唐璜》插图

战斗，并最终光荣捐躯，因而这诗没能写完。

即便如此，这诗的价值却也不容低估。诗人借唐璜的漂泊足迹，把读者引向欧洲各地。各国的自然风光、风土人情、政治得失，就全在诗人的描摹、议论中自然而然地展现出来。

长诗的讽刺特色尤其突出。特别是对英国的讽刺，几乎包括了社会生活的各个方面。诗人笔下的唐璜还是个乐天派——"及时行乐吧，唐璜，把戏演到最后一幕！"诗中的道白，是不是也说出了拜伦的人生观念？

把心留在希腊

拜伦可不是只会摇羽毛笔的文弱书生。在他的血管里，流淌着英雄的热血！他热爱自由，就真的拿起枪，为自由而战！侨居意大利时，他参加过烧炭党人反抗奥地利统治的斗争。他还从英国买来一百五十条枪，藏在自家的寓所里。官府因而把他看作危险分子，只是因为他是位英国爵爷，才没有逮捕他。

烧炭党人起义失败后，拜伦又奔赴希腊，去参加希腊人民争取民族独立的战斗。他自己装备起一条战舰，破浪出海。但由于迷失航向，在海上漂流半年才来到希腊。希腊军民听说这位英国大诗人也来加入他们的战斗行列，都鸣枪放炮欢迎他。

以后他又变卖家产，武装起一支劲旅。希腊军民还推举他做了远征军总司令。拜伦拿起笔是个出色的诗人，挎上剑又是出色的将军。在战斗中，他表现出军事家的才能和领袖风度，希腊军民都拥戴他。

不幸在一次风雨出巡中，拜伦受了风寒，一病不起。1824年复活节那天，希腊军民为了能让他安心养病，一改放枪放炮庆祝节日的习俗。然而就在第二天——4月19日，诗人还是离开了人世。希腊人民无比悲痛，举国致哀二十一天！直到今天，希腊还

拜伦在希腊

把这位英国诗人当作本民族的大英雄来纪念呢！

拜伦的代表作，除了前面提到的两部长诗，还有诗剧《曼弗雷德》《该隐》等。此外，他的抒情诗也写得十分动人，有一首《雅典少女，在我们分别前》是人们常常提到的。全诗四节，第一节这样写道：

> 雅典少女呵，在我们分别前，
> 把我的心，把我的心交还！
> 或者，既然它已经和我脱离，
> 留着它吧，把其余的也拿去！
> 请听一句我临别前的誓语，
> 你是我的生命，我爱你！

诗中的少女，是诗人游历希腊时，在雅典结识的。他全身心爱着这姑娘，人分开了，心却留了下来！拜伦对希腊有着特殊的感情，他最终死在希腊，遗体被运回英国，心脏却留在了那儿。——这正应了诗中的话，也算是巧合了！不过诗人心目中的雅典少女，正可以象征整个希腊呢。

拜伦的天才无与伦比。他自己说，他的绝大部分诗，都是在更衣换装时灵感袭来，就那么匆匆写下的。拜伦的诗人气质，使他的一生也像是一首激情澎湃、忧郁多思的诗歌。他在诗中塑造了拜伦式的英雄，他自己又何尝不是最典型的"拜伦式英雄"呢！

热情似火的雪莱

雪莱

说到拜伦，人们自然会想到他的好朋友雪莱（1792—1822）。雪莱是英国又一位浪漫主义大诗人，与拜伦齐名。他俩是在瑞士的日内瓦湖畔相识的，两人一交谈，真是相见恨晚！一来，他俩都是才华横溢的年轻诗人，对诗歌有着共同见解；二来，他俩又都思想激进，为英国社会所不容，被迫漂泊异邦。

雪莱比拜伦小四岁。跟拜伦一样，他也是贵族出身。雪莱自幼喜欢独立思考。后来在牛津大学学习时，因为写了一个小册子《无神论的必然性》，被学校当局开除。爹爹一怒之下，断绝了儿子的经济来源。那会儿雪莱刚好认识了女学生哈丽特，两人结了婚，跑到爱尔兰去宣传民族解放思想。

以后雪莱又结识了哲学家葛德文，从他那儿接受了不少空想社会主义思想。不久他对葛德文的爱女玛丽产生了爱情，带着她私奔到了瑞士。——雪莱的婚变本来是个人私事，可一些人却闹哄哄地指责他，法院也剥夺了他对两个孩子的监护权。说到底，这还不是因为他的自由思想惹恼了统治者！

"抒情诗之花":《解放了的普罗米修斯》

其实雪莱是个纯洁无邪的人。他酷爱自由,渴求人世间的平等。他用他那火一样的热情,在诗剧《解放了的普罗米修斯》中,锻造了普罗米修斯的完美形象。这位提坦神道德高尚、胸襟宽广,一切人间的美德,全都集中在他身上。

还记得希腊戏剧家埃斯库罗斯有个失传的同名剧本吗?据说在那个剧本里,普罗米修斯最终跟天上的统治者言归于好。可雪莱不喜欢这个结局,他说:一个为人类造福,一个压迫人类,两者怎么能凑到一块儿去呢?

在雪莱的诗剧里,普罗米修斯由于反抗神王朱庇特,被绑在悬崖上,经受了三千年的风雨吹打、秃鹰剥啄!可这一切丝毫动摇不了他的反抗决心。他是凭着对人类的爱,忍受着痛苦煎熬的……

最终,朱庇特被自己的儿子打下宝座,堕入深渊。普罗米修斯则被大力士赫

绘画中的普罗米修斯

拉克勒斯从悬崖上解救下来。他派精灵向人间宣布了解放的消息，于是整个宇宙都沉浸在一派爱的辉光里：

> 只见许许多多的宝座上都没有了皇帝，
> 大家一同走路，简直像神仙一样！
> 他们不再互相谄媚，也不再互相残害；
> 人们脸上不再显示仇恨、轻蔑、恐惧……
> 人类从此不再有皇权统治，无拘无束，自由自在，
> 一律平等，
> …………
>
> 每个人就是管理他自己的皇帝，
> 每个人都公平、温柔和聪明！

这景象多么诱人！当雪莱的笔在纸上飞舞时，他一定透过诗行，看到了这光明灿烂的景象，激动得热泪盈眶呢！

《解放了的普罗米修斯》是雪莱最伟大的作品。剧中综合了各种诗体：颂歌体、十四行体、斯宾塞体、双行体、古希腊合唱体……总之，古今诗坛上的各种优美诗体，都能从诗剧中找到，难怪人们称誉它是"抒情诗之花"。

《钦契一家》：与恶人偕亡

雪莱的另一部诗剧《钦契一家》，差不多是跟这部《解放了的普罗米修斯》同时完成的。钦契是个真实的历史人物，是16

世纪意大利的一个恶魔。他身为贵族，广有钱财，却无恶不作。他以杀人为快乐，拿呻吟当歌曲。他曾举行盛大宴会，为的是庆贺他的两个儿子死于非命！他还强奸了亲生女儿贝特丽采，并扬言早晚要把全家收拾掉！

贝特丽采痛苦极了：是默默忍受呢，还是奋起反抗？诉诸法律吧，只能是家丑外扬；自杀呢，又太便宜了这个恶棍！姑娘最后下了决心：杀死钦契，惩罚恶人！哥哥与继母全都支持她，于是两名刺客被派去行刺。——可事到临头，两名刺客竟然手软了。还是姑娘夺过匕首，指挥刺客掐死了睡梦中的恶魔，姑娘也因此上了法庭。

贝特丽采在法庭上替自己做了令人心服的辩护，法官当堂宣布她无罪。可教皇传来命令：姑娘与哥哥、继母全部处死！在教皇看来，如果不严惩以下犯上者，早晚有一天"年轻人会趁咱们在椅子里打盹儿时把咱们都掐死"。——贝特丽采没有求饶，她安慰了哥哥和母亲，挽了挽头发，从容镇定地走上了刑场……

如果说《解放了的普罗米修斯》是爱的合唱曲，那么《钦契一家》就是一支反抗者的颂歌！贝特丽采面对力量强大、高高在上的恶魔，竟是那么坚强镇定、敢作敢为。世界文坛上没有几个女子形象可以跟她相比！

剧中还暗示，钦契最肯在教会身上花钱，教皇就得到过他的葡萄园和金币。这么一看，贝特丽采的悲剧结局，是早已注定了的。

"冬天已经来到，春天还会远吗"

除了长篇诗剧，雪莱的抒情短章也很出色。像《云》《致云雀》《致月亮》《悲歌》等，都是名篇。有一首《西风颂》，是雪莱最有名的抒情诗。那是他1819年在佛罗伦萨写成的。

全诗共五节，前三节写西风扫落黄叶，挟风带雨把地中海从夏天的沉睡中吹醒，让大西洋染上庄严的秋色。后两节写诗人希望自己跟西风一样无拘无束、迅猛而睥睨一切！最后诗人向西风叮嘱说：

> 愿你从我的唇间吹出醒世的警号，
>
> 西风哟，如果冬天已经来到，春天还会远吗？

诗人愿意化作西风，扫尽败叶；而他的眼睛，是在眺望那明媚的

雪莱曾入牛津大学读书

春光呢！

1822年7月的一天，雪莱乘着拜伦的"唐璜号"帆船出海访友，归途中遇上了风暴……几天以后，他的遗体被海潮冲到了岸上，还是他的好友拜伦替他料理了后事。

据说他的遗体火化之后，那颗心却是完整无损的，跟金子打成的一样。这颗心就被埋在罗马的一处墓地里，并竖起一块墓碑，上面用拉丁文刻着"心之心"。——这一年，雪莱只有二十九岁。

济慈：声名长存水长流

"太可惜了！"沛沛和源源由衷地感叹。

"才高寿短，这好像是古今诗人的通例。"爷爷也感慨地说，"就是拜伦，也不过活了三十六岁。在当时的英国，还有一位年寿更短的诗人叫济慈，只活了二十六岁。

"济慈（1795—1821）最初学的是医学，写诗只是业余爱好。后来却'喧宾夺主'，把写诗当作主业，医学反而荒疏了。他仰慕湖畔诗人华兹华斯，写诗也是浪漫主义一派。有名的长诗有神话题材的《恩底弥翁》、取材于《十日谈》的《伊萨贝拉》以及《圣爱格尼斯之夜》等。

"济慈谈到写诗，特别强调'天然接受力'。说是真正的诗人，对美会有特别敏锐的感受能力。还说自己如果要写一只麻雀，便能深入到麻雀的性格里去，跟麻雀一块儿到瓦砾中去啄食谷粒！

"济慈的诗细腻幽深，色彩鲜艳，形象生动。听听《夜莺》里的这一节：

唉，要是有一口酒！那冷藏

在地下多年的清醇饮料，

一尝就令人想起绿色之邦，

想起花神、恋歌、阳光和舞蹈！

要是有一杯南国的温暖，

充满了鲜红的灵感之泉，

杯沿明灭着珍珠的泡沫，

给嘴唇染上紫斑；

哦，我要一饮而悄然离开尘寰，

和你同去幽暗的林中隐没。

这是诗人坐在女友花园中的梅树下，听着夜莺的啼叫，一口气吟成的。这诗本身就像是一杯诱人的醇酒，让人未饮先醉，沉迷于爱的氛围中……

"济慈对自然之美有着独到的领悟。除了这首《夜莺》，还有《哀感》《心灵》等，都是在他二十四五岁时写成的抒情佳作。可惜天才的果实一熟，生命的枝叶竟凋谢了。年轻的济慈是染上肺

济慈的墓碑

病去世的。在他的墓碑上，刻着他自题的墓志铭：'此地长眠者，声名书水上！'

"流水是无尽的，只要流水常在，诗人的荣名与诗作也将一同长存。——据说雪莱死时，衣袋里装的就是济慈的诗集。"

第 **19** 天

司各特、奥斯汀
各有千秋

英国·18—
19世纪

英国"罗贯中"司各特

"爷爷，英国除了有拜伦、雪莱、济慈这样的诗人，是不是也有小说家啊？"沛沛问。

"当然有啦。与拜伦并世而生的，就有两位著名的小说家。一位叫司各特，专爱写历史题材；另一位是个女作家，叫奥斯汀，写的可都是小镇风情、乡间生活。

"在咱们中国的古代小说里，历史题材最热门。像《三国演

司各特

义》呀，《水浒传》呀，还有《杨家将》《说唐》《说岳》什么的。其中最伟大的历史小说作家，要数元末明初的罗贯中了。而今天咱们要说的司各特，称得上是英国的'罗贯中'，只是他比罗贯中晚生了四百多年。

"司各特（1771—1832）生于爱丁堡一个苏格兰世家，父亲是个律师。司各特自己在大

学读的也是法律，毕业后子承父业，也当上了律师。不过他更喜欢文学，一有空，就到偏远村庄，听田夫野老讲唱历史传说、民间谣谚。后来他当上了爱丁堡高等民事法庭的庭长，还做了副郡长，由于差使清闲，他有了更多的时间搞创作。

"司各特四十三岁那年发表的头一部小说《威弗利》，就是历史题材的，叙说了五十多年前詹姆斯党起义的事。书出版后很受欢迎。司各特便趁热打铁，又接连创作了许多部小说，清一色的全是历史题材。像《清教徒》《罗布·罗依》《艾凡赫》《昆丁·达沃德》等。不过这些小说发表时，署的都是笔名，以致当时的评论家们纷纷猜测，不知这位神秘的作者到底是谁。"

"他干吗用笔名呀？"源源问道。没等爷爷回答，沛沛接口说："是不是他觉着写小说有损他这位庭长先生、郡长大人的身份啊？"

"也许是吧。不过让他名垂后世的，恰恰是这些小说，而不是他的什么郡长大人的头衔！"爷爷回答。

《清教徒》：乱世爱情更动人

先说说那部《清教徒》吧。

17世纪下半叶，英国国王在苏格兰推行国教，压制当地的清教徒。清教徒为了求得宗教自由，不得不揭竿而起。小说便以这次起义作为背景。

一次节日狂欢后，一伙英国骑兵涌进一家小酒店。骑兵军曹故意向酒店里喝酒的清教徒挑衅，举杯提议为英国大主教干

《清教徒》插图

杯——这位大主教，可是清教徒恨透了的人。

正在大家敢怒而不敢言的当口，有个陌生人举起杯来响应，他意味深长地说：但愿苏格兰的长老也能跟主教地位平等！陌生人离开酒店不久，骑兵军曹就接到了报告：大主教刚刚被人暗杀，而刺客正是刚才那个陌生人！——这位神秘的刺客叫柏尔利，日后成了清教徒起义的首领。

书中的主人公亨利也参加了他的队伍。亨利是个苏格兰小伙儿，爹爹是个骑兵军官，曾参加清教徒反抗英国官府的战斗，如今早已不在人世了。亨利爱上了贵族小姐伊迪斯，她跟奶奶贝伦登夫人住在城堡里。可是这一对青年男女宗教信仰不同，门第又相差太远，两人只好把爱情埋在心里。

起义大潮一来，伊迪斯家的城堡也被起义军攻陷了。亨利舍命救了姑娘一家，自己却被义军看作叛徒。要不是赶上礼拜天，不能处决犯人，亨利就完啦。这么一拖延，亨利被官军救出来，从此流亡国外。

几年以后，亨利重返苏格兰。他发现伊迪斯和奶奶已沦为赤贫。原来柏尔利拿走了老太太的产权文件，她家的产业，全让一个叫奥利范特的远亲霸占去了。

不久，奥利范特勾结起义失败的柏尔利，暗杀了一直保护伊迪斯的贵族青年埃文戴尔爵士，而奥利范特自己也被警士打死，柏尔利则掉进山涧里，再没爬上来。——由于奥利范特没有留下遗嘱，所有财产自然又回到贝伦登夫人手里。亨利跟伊迪斯也如愿以偿，结为眷属，真是苦尽甘来呀。

故事大团圆的结尾有点儿俗气是不是？可别忘了，它本来就是一部通俗小说。司各特写这部小说时，苏格兰清教徒起义已过去一百多年。不过司各特一定还能从民间听到不少生动的传说，加上他想象力超群，文笔又生动，因此读来引人入胜。

《罗布·罗依》：侠盗题材似《水浒》

司各特的另一部小说《罗布·罗依》，则是以詹姆士党人起义为背景的。那是苏格兰人的又一次反抗举动，离作者写小说时，只有五十多年。参加起义的人，不少还活着呢。

弗兰克是个伦敦富商之子，可他热衷文学写作，不愿学着做生意。爹爹一气之下，把他打发到苏格兰他伯父那儿，让伯父派个儿子过来，打理商行事务。弗兰克的伯父是个反对英国政府的詹姆士党人，几个儿子当中，只有小儿子拉什利受过良好教育。伯父派他来接手弗兰克家的生意，其实他是个诡计多端的伪君子。

不久弗兰克就听说，拉什利趁爹爹出国之际，卷了商行的大笔款子逃走了。弗兰克便动身寻找这位堂兄算账。一路上他得到一个叫坎贝尔的汉子的帮助，那人答应帮他讨还钱款，并邀他到高地部落去做客。

当时弗兰克正跟一个押解军饷的英国官员同路，那官员疑神疑鬼，生怕弗兰克劫了他的巨款，转而跟坎贝尔搭伴上了路。——不久弗兰克得知：军饷到底还是被人劫去了，而劫军饷的正是化了装的坎贝尔和拉什利。

坎贝尔的真名叫罗布·罗依，是苏格兰高地上杀富济贫的侠盗。弗兰克应邀来到山地部落，意外地发现他喜欢的姑娘岱娜也在这儿——岱娜是弗兰克伯父的内侄女，她跟她爹也都是詹姆士党人。父女俩到这儿来，是为了躲避官军搜捕。

这时拉什利已背叛义军，投靠了官府。不过在这之前，岱娜已帮弗兰克讨回了那笔款子。

这以后，苏格兰爆发了起义。伯父一家全都在起义中献身。临死前，伯父取消了不肖之子拉什利的继承权，把祖传的古宅留给了弗兰克。

弗兰克来到古宅中，睹物伤情，想起跟岱娜在这儿度过的日子，无比惆怅。突然，一扇密室的门打开了，走出来的，正是他日思夜想的心上人岱娜和她父亲！可没等他们诉说衷情，阴险的拉什利带着官军赶到了，弗兰克和岱娜束手就擒。

可就在他们被押解着离开古宅时，威风凛凛的罗布·罗依突然出现。他挥剑向拉什利刺去，经过一番博斗，拉什利倒在了剑下。罗布·罗依杀散官军，护送岱娜父女逃往国外。——以后岱娜终于跟弗兰克结为良缘，而罗布·罗依然在高地上劫富济贫，反抗官府。他的传奇故事，一直在苏格兰百姓中传诵。

听听这些故事，是不是有点儿像中国的《水浒传》？反抗官府的"强盗"成了被歌颂的对象，他们劫富济贫、主持正义；遭受不公正待遇的老百姓时刻在盼着他们呢！——所不同的是，司各特笔下的英雄传奇总有一条爱情主线，《水浒传》里的好汉却个个"打熬筋骨，不近女色"。

《艾凡赫》，又译《撒克逊劫后英雄略》

司各特最著名的小说《艾凡赫》，写的是中世纪的事，地点由苏格兰转到了英格兰。这部小说初次介绍到咱们中国来，是在清朝末年。那时书名译作《撒克逊劫后英雄略》，听起来似乎更带劲儿。

艾凡赫是谁？他是撒克逊贵族塞得利克的儿子，眼下正随着"狮心"理查王东征，此刻音信全无，连理查王也下落不明。国内则由理查的弟弟约翰亲王摄政。亲王宣布举行比武大会，召请天下好汉前来打擂，好借此网罗人才、收买人心。——他的野心大着呢！

有一伙诺曼贵族也来参加比武，打头的是圣殿骑士布里昂。——这时的英国正受诺曼贵族的统治呢。有位游方教士指引布里昂一伙到艾凡赫家来投宿。艾凡赫家寄居着一位漂亮的贵族小姐罗文娜，她偷偷爱着艾凡赫。见有客自远方来，她便在餐桌上打听心上人的下落。她哪里想得到，心上人近在咫尺：那位游方教士就是艾凡赫装扮的呢。

这天晚上，艾凡赫家还来了两位投宿者：犹太富翁和他的漂亮女儿瑞贝卡。布里昂一伙顿起歹心，商量着要绑架犹太人，勒索赎金。——这话全让艾凡赫听见了，他连夜护送犹太人父女俩离开了这是非之地。

比武场上，圣殿骑士布里昂一伙打败了各路好汉，耀武扬威，不可一世。此刻一位隐名骑士催马登场。经过一番激烈较量，布里昂败下阵去。照规矩，优胜者可以挑选比武会上的皇后。隐名骑士选中了看台上的罗文娜小姐——你们已经猜出来了，这位骑士就是艾凡赫。

可第二天的比武却不轻松。艾凡赫受到三名武士的围攻，眼看就要招架不住啦！就在千钧一发之际，有位黑甲骑士旋风般冲上比武场，替艾凡赫解了围。艾凡赫最终获胜，就在他从"皇后"罗文娜手中接过桂冠时，却突然晕倒在地。众人解开衣甲看时，发现他已身负重伤。一片混乱之中，艾凡赫被犹太人父女救回家中。在瑞贝卡的精心照料下，终于脱离了危险。

这边，比武大会决出射箭冠军后便草草收了场。因为约翰亲

《艾凡赫》插图

王接到密报：理查王已秘密回国。罗文娜与犹太人父女护送艾凡赫回家，途中遇上一伙强盗，把他们劫往一座城堡。幸亏有个猪倌逃了出去，搬来了救兵——也就是比武会上的黑甲骑士和射箭冠军：原来他俩就是狮心理查王和侠盗罗宾汉！他们合力猛攻，救出了艾凡赫一行，但犹太姑娘瑞贝卡却被强盗劫走。

强盗头子不是别人，正是布里昂。他对瑞贝卡早已垂涎三尺。艾凡赫听到消息，不顾伤痛，跳上马跑去与布里昂决斗。有伤在身的艾凡赫气力不济，被戳下马来。可是奇怪，布里昂也同时跌落马下。艾凡赫仗剑上前，要跟他拼个你死我活，却发现他早已断了气。——原来这家伙恶贯满盈，受着良心的谴责，就这么心力交瘁上了西天！

最终理查王重登王位，艾凡赫与罗文娜结为连理。瑞贝卡获得自由后，打算跟爹爹远离英国，去寻求平静的生活。她祝愿一对新人终生幸福，可她自己的心里，此刻却心潮起伏、难以平静——因为她也爱着艾凡赫呐！

司各特二三事

司各特的历史小说大多带有传奇色彩，例如小说中的罗宾汉，便是个典型的绿林好汉，早就活跃在民间传说中。——从犹太人父女的形象中，还可看出作者对被歧视民族的同情。至于艾凡赫和理查王，作者虽然花了挺大气力，想把他们塑造成忠臣、明主，可效果并不见佳。正面人物不好写，这也是一般小说的通例啊。

司各特是个多产作家，一生写了二十七部长篇小说，此外还

位于英国爱丁堡的司各特纪念碑

有七部长诗以及一些中篇小说、历史传记等。写出这么多作品，人们却从来看不见他伏案忙碌，总见他在豪华的客厅里抽着烟，跟客人闲谈、游戏。有人甚至猜测，他的许多作品是年轻时早已写好了的！

其实司各特精力充沛，笔头很快。五十多岁时，他生意破产，不得不靠卖文还债。他写得最快时，一部四十万字的小说，只用六个星期就完成了。这样的作品，难免有些粗糙。不过他在英国小说史上的地位，是没人能替代的。英国的萨克雷、狄更斯，法国的巴尔扎克和雨果，德国的歌德，俄国的普希金，就都对他的历史小说推崇备至呢。

据说司各特人很谦和，并没有"老子天下第一"的架子。他曾把一部当代女作家的小说连读三遍，佩服得五体投地，说是这么细腻的笔触，自己写不来。——这部书即《傲慢与偏见》，作者奥斯汀（1775—1817）比司各特还要小四岁。

奥斯汀：当傲慢与偏见碰上自尊

奥斯汀总共写过六部长篇小说，其中最出色的是《傲慢与偏见》和《爱玛》。《傲慢与偏见》讲的是小乡绅班纳特家有五个闺女，替这五位千金找"姑爷"，成了班纳特太太的一块心病。

大女儿吉英又温柔又端庄，在一次舞会上，她认识了年轻而富有的单身汉宾格里，两人情投意合，这可喜坏了班纳特太太。

二女儿伊丽莎白算不上美人，但举止活泼，一双眼睛尤其有灵气。不过在舞会上，她却受到宾格里的好友达西的冷淡。达西轻视伊丽莎白，多半还由于看不起粗俗的班纳特太太。他极力劝说宾格里别跟这家人打交道，宾格里禁不住撺掇，便离开吉英去了伦敦。吉英对宾格里一片痴情，她就那么默默地等着他回心转意。

再说这位二小姐伊丽莎白，是个挺有个性的姑娘。你不是看不起我吗？我还看不上你呢！后来得知达西拆散了大姐的姻缘，她对达西的成见就更深啦。——其实自从那回舞会之后，达西却不知不觉喜欢上了伊丽莎白。在另一次舞会上，他主动邀请姑娘跳舞，却碰了个大钉子。

又有一回，伊丽莎白到一位女友家去做客，刚好又碰见达西。达西压抑不住对她的爱，突然向她求婚。可口气还是贵族少爷的腔调，透着傲慢。姑娘当然不能接受啦，她当面告诉他：我最

《傲慢与偏见》插图

讨厌傲慢自负的家伙了！

这对达西的打击可是太大了。他从来没意识到，傲气竟这么不得人心！他静下心来，写了一封语气恳切的信，向伊丽莎白解释误会。姑娘读了信，才知道有些事是自己误听传言，不禁有点儿后悔，对达西的看法也不觉有了转变。

第二年夏天，伊丽莎白应邀到达西庄园上去做客。接触多了，姑娘发现达西这人挺可爱。达西对自己的妹妹爱护体贴，对背叛了自己的朋友也能以德报怨，还私下替伊丽莎白的妹妹说了一门亲事呢。更让姑娘感动的是，他那傲慢自负的脾气也都改了，待人和蔼亲切，整个换了个人似的。可是姑娘当初回绝得太干脆了，又怎么好再改口呢？

事情还得感谢达西的姑妈，一位专横粗暴的贵族老太太。她想把自个儿的女儿嫁给达西，就跑到班纳特家，非逼着伊丽莎白给她当面下保证：决不嫁给达西。——倔强的姑娘当然不能接受这个无理要求啦。

消息很快传到达西耳朵里，他断定姑娘对他的看法有了改变，就再次向她求婚。这一回，他可是情词恳切，一点儿傲气也没有。结果呢，"傲慢"与"偏见"全都消除了，故事也到了收尾的时候。

这会儿宾格里也早回到吉英身边。班纳特太太嫁出去三个女儿，剩下的还愁找不着好女婿吗？

爱玛不再任性

奥斯汀的小说《爱玛》，讲的仍然是小镇男女恋爱的故事。

爱玛是个又骄傲又任性的阔小姐，她充当孤女哈丽叶的保护人，为哈丽叶的婚事着急。今天让她去爱这个，明天叫她去爱那个。哈丽叶让她支使得晕头晕脑，竟觉着当地首富奈特利先生是自己的理想伴侣。

直到这会儿爱玛才明白，其实自己心里正爱着奈特利先生呢。于是她不再游戏人生，老老实实跟奈特利结了婚。哈丽叶也从云里雾

《爱玛》插图

里钻出来，跟一个老实忠厚的青年农民成了家。两对新人门当户对，都挺美满。

没有财产的小姐怎么出嫁，这是奥斯汀小说里讨论的一个重要话题。在《傲慢与偏见》里，作者的想法儿还有点儿浪漫，认为一个姑娘只要头脑聪明，有教养有风度，就能获得幸福。《爱玛》可就现实得多了，在看重金钱与地位的社会里，"门当户对"才是决定婚姻成败的准绳。

"撮合"他人，终身未嫁

两个孩子听得津津有味。源源问："奥斯汀读过大学吧？"

爷爷说："还真没读过。她出生在一个乡村牧师家庭，所受过的教育，只是阅读爹爹收藏的古典文学作品和流行小说。她交往的范围，也不出乡绅与亲朋这个圈子。论写作，她可称得上是无师自通了。因而她的文学创作，也没受这个流派、那个风格的影响，全凭着她那女性的敏锐，去观察周围这个不大的世界，从中发现有意思的人和事，然后在操持家务的空隙里把它们写出来。

"有人打个比方，说司各特是一棵参天大树，奥斯汀则是树旁一丛鲜花。从当时两人的声望看，这个比喻倒也恰如其分。不过往深处说，司各特的作品浪漫而夸张，带有传奇色彩；奥斯汀的小说，则带着朴素亲切的现实味道。难怪司各特也被她的作品深深打动呢。

"奥斯汀从三十六岁开始发表小说，以后每年出版一部。可惜她四十二岁就去世了，她在小说里撮合了那么多婚事，自己却终身未嫁。

"奥斯汀也有过爱情生活。二十岁那年，她遇上了年轻的爱

奥斯汀

尔兰律师勒弗罗伊，两人一见钟情。然而奥斯汀的父母却不大满意：他们希望未来的女婿具有足够的经济实力，偏巧勒弗罗伊那时还是穷小子。

"勒弗罗伊家也不满意这桩婚事。他家有六个孩子，也想着通过联姻来改变现状呢。因而勒弗罗伊很快就被召回爱尔兰，从此两人再也没见过面！这对奥斯汀是个沉重的打击，后来她把全部激情灌注到文学创作中去，这场夭折的爱情应当也是动力之一吧。

"那位律师勒弗罗伊呢，依照家庭的意愿，娶了一位富家小姐。后来因能力超群，还当上爱尔兰最高法院的首席法官。然而他跟奥斯汀的那段恋情，一直被他埋在心中，不能忘怀。——对两位亲历者而言，这当然是一出悲剧。可是两人若如愿结合，又会怎样？陶醉于幸福生活、忙碌于相夫教子的奥斯汀，还会写出那么多出色的作品吗？

"奥斯汀拥有大量读者，不但司各特为她倾倒，连当时的摄政王、后来登上王位的乔治四世，也痴迷她的作品呢。

"奥斯汀出版小说，一开始用的是她哥哥的名字——亨利·奥斯汀，这是个男性的名字，只因那个时代，女子写小说被认为是不正经。直到她死后，她的作品才恢复了简·奥斯汀的署名。人们恍然大悟：原来这些享誉一时的小说，竟是出自一位乡间女子之手。——在用笔名这一点上，奥斯汀也跟司各特相似。"

外国作家简明词典（一）（以出生年为序）

荷马（大约生活于前9—前8世纪），希腊盲诗人。有史诗《伊利昂纪》和《奥德修纪》，合称《荷马史诗》。

赫西奥德（大约生活在前8世纪），希腊学者。整理编辑了《神谱》。

伊索（大约生活在前6世纪后半叶），希腊寓言作者。有《伊索寓言》。

埃斯库罗斯（前525—前458），希腊悲剧诗人。有剧本《埃特纳女人》《乞援人》《波斯人》《七将攻忒拜》《阿伽门农》《奠酒人》《报仇神》等，代表作为《被缚的普罗米修斯》。

索福克勒斯（前496—前406），希腊悲剧诗人。有剧本《埃阿斯》《厄勒克特拉》《特拉基斯少女》《菲罗克忒忒斯》《俄狄浦斯在科洛诺斯》等。代表作为《安提戈涅》和《俄狄浦斯王》。

欧里庇得斯（约前485—前406）希腊悲剧诗人。有剧本《阿尔克提斯》《赫拉克勒斯的儿女》《安德罗玛克》《赫卡帕》《请愿的妇女》《特洛伊妇女》《伊菲格涅亚在陶洛人里》《海伦》《奥瑞斯忒斯》《疯狂的赫拉克勒斯》《伊翁》《腓尼基少女》等。代表作为《希波吕托斯》和《美狄亚》。

阿里斯托芬（约前446—前385），希腊喜剧诗人。有剧本《宴会者》《巴比伦人》《阿哈奈人》《骑士》《云》《马蜂》《和平》《鸟》《吕西斯忒拉忒》《地母节妇女》《蛙》《公民大会妇女》《财神》等。

毗耶娑（约生活在前4世纪以前），意译为"广博仙人"，印度诗人，很可能是传说中的人物。印度史诗《摩诃婆罗多》相传为他所作，他大概还编著了《吠陀》及一些往世书。

蚁垤（约生活在前4—前3世纪），音译为"跋弥"，印度诗人。传为印度史诗《罗摩衍那》的作者。

普劳图斯（前254—前184），罗马戏剧家。有剧本《一罐金子》。

泰伦斯（约前190—前159），罗马戏剧家。有剧本《婆母》《两兄弟》等。

维吉尔（前70—前19），罗马"诗坛三杰"之一。有史诗《埃涅阿斯纪》等。

贺拉斯（前65—前8），罗马"诗坛三杰"之一。作品收入《歌集》。

奥维德（前43—18），罗马"诗坛三杰"之一。著有《变形记》。

迦梨陀娑（约生活在4—5世纪），印度诗人。有诗歌《云使》等，有剧本《沙恭达罗》。

太安万侣（？—723），日本奈良时期史官。根据女官稗田阿礼的讲述，记录并整理撰写《古事记》。

柿本人麻吕（约660—约720），日本万叶时代诗人。代表作有《柿本朝臣人麻吕从石见国别妻上来时歌二首》《吊明日香皇女吉备乐女挽歌》等，作品多收于《万叶集》中。

鲁达基（850—941），波斯诗人，史称"波斯诗人之父"，诗包括颂诗、抒情诗及四行诗。代表作有《酒颂》《老年怨》等。

紫式部（约978—约1015），日本女作家，本姓藤原，名不详。曾入宫为女官，撰有《紫式部日记》等。代表作为《源氏物语》，被誉为日本古典文学的高峰。

莪默·伽亚谟（1048—1131），又译为欧玛尔·海亚姆，波斯诗人，以四行诗闻名。有《鲁拜集》。

萨迪（1208—1291），波斯诗人。代表作有叙事长诗《果园》及用韵文写成的《蔷薇园》。

但丁（1265—1321），全称但丁·阿利吉耶里，意大利诗人，被誉为"中世纪的最后一位诗人，同时又是新时代的最初一位诗人"（恩格斯）。有诗集《新生》《诗集》、文集专著《飨宴》《帝制论》等。代表作为长篇叙事诗《神曲》。

彼特拉克（1304—1374），意大利诗人。有叙事诗《阿非利加》、散文作品《名人传》等，代表作为抒情诗集《歌集》。

薄伽丘（1313—1375），意大利作家。撰有传奇《菲洛哥洛》、长诗《苔塞伊达》等。代表作为故事集《十日谈》。

哈菲兹（1320—1389），波斯诗人。以抒情诗体"嘎扎勒"著称。

乔叟（约1343—1400），英国诗人。有诗歌《公爵夫人的书》《声誉之宫》等。代表作为诗体故事集《坎特伯雷故事集》。

莫尔（1478—1535），全称托马斯·莫尔，英国政治家、作家。有拉丁语代表作《乌托邦》，既是文学名著，也是影响深远的社会学专著。

拉伯雷（约1493—1553），法国小说家。代表作为小说《巨人传》，共五部。

塞万提斯（1547—1616），全称塞万提斯·萨维德拉，西班牙诗人、戏剧家、小说家。撰有剧本《奴曼西亚》《八出喜剧和八出幕间短剧》、田园牧歌小说《伽拉泰亚》等。代表作为长篇小说《堂吉诃德》，全名为《奇情异想的绅士堂吉诃德·德·拉·曼却》。

斯宾塞（1552—1599），英国诗人。有诗作《牧人月历》《爱情小诗》《结婚曲》等。代表诗作是《仙后》，惜未能卒篇。

维加（1562—1635），全名洛佩·德·维加，西班牙诗人、戏剧家。有诗歌《诗韵集》、小说《阿卡迪亚》等，戏剧方面成就最高，据统计写过一千八百个剧本，有《谨慎的情人》《美丽的以撒》《真正的爱人》《烧毁的罗马》等。代表作为《羊泉村》《最好的法官是国王》等。

马洛（1564—1593），英国戏剧家、诗人。有剧作《迦太基女王狄多》《帖木儿》《浮士德博士的悲剧》《马耳他岛的犹太人》《爱德华二世》等。

莎士比亚（1564—1616），英国诗人、戏剧家。一生留下三十七部戏剧和一百五十四首十四行诗。尤以戏剧创作著称，其历史剧有《亨利六世》《理查三世》《理查二世》《亨利四世》《亨利五世》等，喜剧有《错误的喜剧》《温莎的风流娘儿们》《威尼斯商人》《驯悍记》《爱的徒劳》《无事生非》《仲夏夜之梦》《皆大欢喜》《第十二夜》《终成眷属》《请君入瓮》等，又有《罗密欧与朱丽叶》，则属于悲剧。另有所谓"四大悲剧"，即《哈姆雷特》《奥赛罗》《李尔王》和《麦克白》。晚期主要作品有《暴风雨》《辛白林》《冬天的故事》等。

高乃依（1606—1684），法国剧作家。有戏剧《梅丽特》《梅黛》《贺拉斯》等。戏剧代表作为五幕诗剧《熙德》。

弥尔顿（1608—1674），英国诗人。有论文《论国王和官吏的职权》《偶像破坏者》《为英国人民申辩》等。诗歌代表作为《失乐园》《复乐园》及诗剧《力士参孙》。

拉封丹（1621—1695），法国寓言诗人。代表作为《寓言诗》，共十二卷，共收寓言诗二百四十多首。其中《乌鸦与狐狸》《兔子与乌龟》等，都脍炙人口。

莫里哀（1622—1673），本名叫让·巴蒂斯特·波克兰，法国剧作家。所作多喜剧，有《冒失鬼》《爱情的埋怨》《可笑的女才子》《丈夫学堂》《太太学堂》《讨厌鬼》《昂分垂永》《贵人迷》《司卡潘的诡计》《无病呻吟》等。其代表作为《伪君子》（即《达尔丢夫》）、《吝啬鬼》（又译为《悭吝人》）。

拉辛（1639—1699），法国悲剧诗人。有戏剧《菲德拉》《爱丝苔尔》《阿达莉》《布里塔尼居斯》等。代表作为《昂朵马格》（又译为《安德罗玛克》）。

笛福（1660—1731），英国小说家。有诗歌、政论等作品。有小说《辛格顿船长》《摩尔·弗兰德斯》《杰克上校》等。小说代表作为《鲁滨孙漂流记》。

斯威夫特（1667—1745），英国作家。有叙事诗《鲍席斯和菲利蒙》、讽刺文章《一个澡盆的故事》等。代表作为寓言小说《格列佛游记》。

孟德斯鸠（1689—1755），法国思想家、作家，《百科全书》

撰稿人。有法学专著《论法的精神》。另有文学性的争论文集《波斯人信札》。

理查逊（1689—1761），英国小说家。撰有书信体小说《帕美勒》（又名《美德受到了奖赏》）及《克拉丽莎》（又名《一位青年妇女的故事》）。

伏尔泰（1694—1778），法国哲学家、史学家、文学家。他是《百科全书》撰稿人，文稿收入他的《哲学辞典》。文学创作有史诗《亨利亚德》、戏剧《俄狄浦斯王》《布鲁图斯》《扎伊尔》《穆罕默德》《中国孤儿》等，并有哲理小说《查第格》（《查第格或命运》）、《天真汉》及《老实人》（《老实人或乐观主义》）等。

菲尔丁（1707—1754），英国小说家、剧作家。撰有戏剧《堂吉诃德在英国》《巴斯昆》《1736年历史日历》等。有小说《约瑟夫·安德鲁斯》《大伟人江奈生·魏尔德传》《阿米丽亚》，代表作为《汤姆·琼斯》（又名《弃婴托姆·琼斯的故事》）。

卢梭（1712—1778），法国思想家、文学家，《百科全书》撰稿人。有学术著作《民约论》，自传《忏悔录》等。小说代表作为《新爱洛绮丝》和《爱弥儿》。

狄德罗（1713—1784），法国思想家、文学家，《百科全书》撰稿人。有学术专著《哲学思想录》。文学作品有戏剧《私生子》《一家之主》，小说《修女》《拉摩的侄儿》《宿命论者雅克和他的主人》。

莱辛（1729—1781），德国剧作家、文艺理论家。有剧本《年轻的学者》《菲拉托斯》《爱米丽雅·迦洛蒂》《萨拉·萨姆逊小姐》等，散文作品《寓言和故事》等。文艺理论及美学代表作

博马舍（1732—1799），法国戏剧家。创作剧本《欧也妮》《两个朋友》等。代表作有《塞维勒的理发师》和《费加罗的婚礼》。

歌德（1749—1832），德国诗人。有诗歌《欢迎与离别》《野蔷薇》《漫游者的暴风雨之歌》《普罗米修斯》《冬日游哈尔茨山》《神性》《魔王》《渔夫》《掘宝者》《魔术学徒》《神女与妓女》等，又有组诗《罗马哀歌》《威尼斯铭语》，长篇叙事诗《赫尔曼与窦绿苔》等。歌德对中国文化很感兴趣，还写过一组《中德四季晨昏杂咏》。小说作品有《少年维特之烦恼》《亲和力》《威廉·迈斯特的学习时代》等。自传及纪实散文有《诗与真》《意大利游记》等。戏剧则有《托夸多·塔索》《哀格蒙特》《伊菲格涅亚在陶里斯》等，最重要的戏剧代表作是《浮士德》。

席勒（1759—1805），德国诗人、剧作家。有诗歌《欢乐颂》《希腊的神祇》《美的宗教》《潜水者》等，论文《论悲剧艺术》《论激情》等。戏剧作品有《唐·卡洛斯》《斐爱斯柯》《华伦斯坦》等，代表作为《强盗》《阴谋与爱情》《威廉·退尔》。

华兹华斯（1770—1850），英国诗人。早年曾与诗人柯勒律治共同出版诗集《抒情歌谣集》。此后又有《露西》组诗、《孤独的收割者》、《天职颂》、《快乐的战士》等。有未完哲理长诗《隐者》，其中第一部分《序曲》，与早期诗歌《丁登寺》是其代表作。

司各特（1771—1832），英国小说家。有长诗《最末一个行吟诗人之歌》《玛密恩》《湖上夫人》等，历史传记《小说家列传》《拿破仑传》，又有历史小说《威弗利》《清教徒》《罗布·罗依》《米德洛西恩的监狱》等。小说代表作为《艾凡赫》和《昆丁·达沃德》。

柯勒律治（1772—1834），英国诗人、评论家。有文学批评作品《文学传记》《关于莎士比亚讲演集》等。早年曾与华兹华斯共同出版诗集《抒情歌谣集》。诗歌代表作为《古舟子咏》《克里斯特贝尔》和《忽必烈汗》等。

骚塞（1774—1843），英国诗人。有散文《纳尔逊传》《英国来信》等。诗歌代表作为史诗《圣女贞德》。

奥斯汀（1775—1817），英国女小说家。有小说《理智和感伤》《曼斯菲尔德花园》《诺桑觉寺》《劝导》。代表作为《傲慢与偏见》及《爱玛》。

拜伦（1788—1824），英国诗人。有诗剧《曼弗雷德》《该隐》《维纳》《撒丹纳巴勒斯》等，又有诗歌《异教徒》《海盗》《莱拉》《别波》。代表作有早期成名作《恰尔德·哈洛尔德游记》、诗体小说《唐璜》及讽刺长诗《审判的幻景》。

雪莱（1792—1822），英国诗人。有文章《无神论的必然性》《告爱尔兰人民书》《诗之辩护》等。有诗作《仙后麦布》《伊斯兰的反叛》《致英国人之歌》《西风颂》《那不勒斯颂》《自由颂》《云》《致云雀》《致月亮》《悲歌》等，又有诗剧《解放了的普罗米修斯》和《钦契一家》。

济慈（1795—1821），英国诗人。有诗歌《孤寂》《蟋蟀与蚱蜢》《恩底弥翁》《伊萨贝拉》等。代表作有《初读查普曼译荷马史诗》《夜莺》《希腊古瓮颂》《哀感》《心灵》《无情的美人》《圣爱格尼斯之夜》。

海涅（1797—1856），德国诗人。有散文《旅游札记》、文艺评论《论法国的画家》《论浪漫派》等，另有小说及戏剧作品。诗歌作品有诗歌《颂歌》《西西里亚纺织工人》、组诗《北海纪游》、长诗《阿塔·特罗尔，一个仲夏夜的梦》等。代表诗作为《歌集》及长诗《德国，一个冬天的童话》。